シルクロード

丝绸之路

重新开始的旅程

【日】大村一朗 著 孙立成 译

おおむらいちろう

北京联合出版公司
Beijing United Publishing Co.,Ltd.

目

录

• • •

序 | 言

学生时代，我是一个极其自卑内向的人。我的梦想是成为一名出色的新闻工作者。然而因为缺乏"孤狼"精神，我在最后关头打了退堂鼓。现实与梦想之间的鸿沟难以逾越，心情之压抑可想而知。

大三那年暑假，我要回一趟老家。受一位朋友的启发，我背上睡袋，进行了一次说走就走的旅行。从东京日野到家乡静冈，一走就是六天。那次别出心裁的回乡经历，让我有生以来第一次感受到徒步旅行的快乐。随心所欲，没有负担，无须时刻关注时间，一个人，走到哪儿是哪儿。更可贵的是，一路上与陌生人的寒暄、交谈，渐渐唤醒了被淡漠的都市催眠的、与人交流的渴望。尽管遭遇了恶劣的天气，尽管腰酸腿疼步履维艰，尽管有很多次，我都觉得已经达到身体的极限，但咬咬牙，睡一觉，竟也坚持了下来。

那次长途跋涉，让我明白自己居然可以如此坚韧，明白我还能做得更多、更好。本是一次心血来潮的任性之旅，却对我的人生产生了重大影响。

第二年，大概是二月份，我第一次出国旅游。因一直生活在日本这个小岛之国，我总觉得世界很大，遥不可及。波斯的唐草纹样传到日本需要几个世纪，马可波罗的东方之行花了 25 年之久。但没想到，从新潟坐飞机到俄罗斯的哈巴罗夫斯克，然后换乘火车到莫斯科，一共就花了六七天。

结束莫斯科之旅，我产生了一个更任性的想法——徒步穿越丝绸之路！我记得在一本骑行游记中读到过，丝绸之路总长约 12000 千米，如果步行，大概要花两年半的时间。

和六七天相比，两年半是一段漫长的时间；但假设活到 70 岁，那么两年半就只是冰山一角了。古人花了几个世纪，才走出了贯通东西的丝绸之路，如果我用两年半就能走完，其中的意味恐怕不是"意义非凡"就能涵盖的。

我开始构思丝路之旅的具体行程——东起西安，西至罗马；饥则食，饱则行；日落则息，天明则起。虽征途漫漫，但路在脚下。

其实，重要的不是能否到达罗马，而是能否将自己的想法付诸行动。倘若受到上天的惠顾，成功到达罗马，那么，我的人生将翻开新的一页。

所以不要犹豫，奔走吧！大村一朗。

未来，还有很长的路要走。且行且思，且思且行。

第
一
章

中
國

中国　　　　　　　　　　　　　　中亚

文明在这里发源

乌兹别克斯坦　土库曼斯坦 伊朗　　土耳其　　保加利亚　　罗马尼亚　匈牙利　斯洛文尼亚　意大利

西亚　　　　　欧洲

黄土高原·源（西安——兰州）

国比中原国，人同上古人。
衣冠唐制度，礼乐汉君臣。

——日本诗

>> 日本人的长安情结（行约 29 公里）

　　第一站便是西安。丝绸之路的起点。

　　西安城如今是陕西省的省会，古时叫长安。在中国的武则天时代，日本的遣唐使来到长安，亲眼目睹了新修成的大明宫，当下便受到了极大震撼。回国后，长安便成了日本营建都城平城京唯一的范本。平城京是完全模仿长安城的规划来设计的，只是由于土地和建材的匮乏，最终都城规模只有长安的四分之一。当时，天皇号召全国男女要穿唐装，学习唐的制度历法、宗教节俗、文学艺术。就连如今日本的技艺强项——刀剑、围棋、相扑，也统统学自唐朝。日本的诗人因此得意地吟道："国比中原国，人同上古人。衣冠唐制度，礼乐汉君臣。"用日本作家梦枕貘的话说："长安，正像一个快熟透了的果子。"而彼时的日本，混沌初开，如同被扔入沧海中的弃儿，急需寻找自己文明的母乳。

　　与中国的玄奘法师西行天竺求取真经相似，当时，日本的留学生从盛唐文化里汲取了无数养分，以至丁在唐朝，日本的遣唐使是所有国外使者中最有风度和最有礼貌的。中华文明传入日本，用千年光阴，改变了日本人的气质精神，并沿续至今。

　　从那时起，长安便成了我们日本人永远的精神故乡。

几百年后的我，也染上了这浓浓的"长安情结"。

如今的西安城，四周保留着高约 12 米的古城墙，四方各有一门，其中西城门就是丝绸之路的起点。过去的商人和探险家就是从这里，满怀着忐忑与激动，踏出了漫长旅途的第一步。

虽说已是六月，早上仍有些凉。穿过晦暗微冷的西城门隧道，站在城外宽阔的空地上回望，城门上危耸的楼阁仿佛守卫一般俯视着城下，似乎要拒我于大门之外，又似乎是在告诉我不能退缩。

两位中国朋友焦先生和范先生已在城门外等我了。焦先生是西安当地的导游，范先生是西城门经营土特产的摊主。虽然前天才相识，但他们为了见证我的丝绸之路徒步游，特意一大早赶来为我送行。

我卸下背包，小心翼翼地拿出一张 40 厘米见方的淡黄色厚纸。展开厚纸，就看到上面用漂亮的朱红色楷体字写着的七个大字——"丝绸之路徒步游"。这是焦先生的朋友——书法家杜先生昨天亲手为我书写的。我跟杜先生约定，一到罗马，就把与这七个大字的合影照片寄给他。起点的合影照已经有了，不知终点的照片何时才能贴上？

带着约定，我踏上了旅程。徒步旅行前，我曾一度犹豫不决，然而迈出了第一步，心里便豁然开朗了。想来世上的事，大抵都是这样。

我的心正因这次"壮举"激动不已，迎面走来一位扛着铁锹的老人。擦肩而过的瞬间，他突然停下脚步，一动不动站在原地，打量着我。

"你好。"

我微笑着用中文和他打招呼，老人家却没有丝毫反应。

可能因为我的背包过大，这里的乡民们觉得稀罕少见，只要看见我，总要盯着我瞅上半天。偶尔目光交叠，他们既不微笑示意，也不把目光转向别处。这种"关注"让我浑身不舒服。不到半天，我已身心疲惫。为了尽快结束这尴尬，我加快了脚步。好在，咸阳就在眼前。

在咸阳，但凡是饭馆和商店聚集的地方，就一定能找到很多小旅馆。中国的旅馆名是门学问，比如，"某某饭店"基本是一般的宾馆，"某某大酒店"就是高级宾馆，而"旅社"、"招待所"是简易旅馆，大部分不能洗澡，卫生间也是公用的。自然，价格也便宜，一个单间一晚大约20元。不过，按照规定，外国人必须住在指定的高级宾馆里。所以，如果要住这种简易旅馆，就千万不能被警察发现。

我被一家名叫"幸福之家"的小旅馆吸引，看门的是一个10岁左右的小男孩，他看着我，有些紧张。我拿出随身携带的《汉语会话集》，用手指着"今晚我要住店"这句话给他看。小男孩很机灵，一下就明白了，拉着我去看房间。客房是个双人间，干净整洁。原价20元一晚，小男孩又给我便宜了5元，我当即就决定住下了。

定好房间，放下行李，小男孩把我拉到中庭。先是让我坐在椅子上，然后又从木桶中舀来了一盆热水，示意我洗脸洗脚。在这样便宜的旅店，我竟能享受这样贴心的服务，这让我很意外。收拾完房间，男孩的父母正好回来了，我办理了入住手续，安顿了下来。

西安·丝绸之路徒步游·始

>> 中国人的礼节（行约 193 公里）

离开咸阳，312 国道沿线就呈现出了真实的乡村风光。

沿途，一望无际的田野中，出现大片桃林。一些老人在道旁摆起小摊卖桃。客源大多是过路的司机。虽然桃子又青又小，也不太甜，但我经常买来吃。吃惯了清淡的日本料理，一时不太适应中国的饭菜，这些小青桃正好可以解解腻。

整整一天，我都行走在 312 国道上，每次经过高坡处，黄土高原的壮观景象都会尽收眼底。这里就像一个"梯田王国"：每座山上都分布着梯田，层层叠叠，绵延无尽，像是人们精心描绘的风景画。

正值小麦的收获季节，麦田犹如一块块金色地毯，风吹麦浪，美景如画。路上铺满了收割后尚未脱粒的小麦，路上通行的机动车正好起到了小麦脱粒机的作用。车过麦壳脱，此情此景，成了一道独特的丰收风景线。

不知不觉之间，道路变成了山间陡坡路，我来到了面积较大的山中村——永平。国道两侧的村落受惠于便利的交通，每到黄昏时分，旅店停车场就停满了运送货物的卡车，国道两边的村庄靠接待来来往往的卡车司机就可以过上好日子。可是，那些远离国道、隐身于深山老林中的村镇，怎样才能脱贫致富呢？

　　第七天，我到了长武。脚下的路已由蜿蜒起伏的山路变成了视野开阔的滨河路，路的一侧就是泾河。听说还有一条渭河，泾河是渭河的最大支流。高大的杨树整整齐齐地排列泾河边。一路上绿树成荫、凉风习习，很是惬意。

　　中途，我在路边的小卖店里买了瓶饮料，刚要离开，店主让我停歇片刻。这位长须飘飘的老人，听说我是日本人，先是有些讶异，不过马上就拿出一支烟递给我。初次见面，递烟给对方，是中国人之间的一种交流方式，以示友好。作为日本人，我对老人此举并不惊讶，虽然我是日本人，可来到中国后，我还从未感觉自己被中国人排斥和厌恶。在他们眼里，犯下滔天罪行的只是日本军国主义者而不是日本普通民众，所以每当表明我是日本人时，人多数人都不会有过激的反应，而是宽容地、热情地对待我。说话间，老大爷为我搬来一把椅子，热情地为我沏茶倒水。我简单地介绍了一下自己的情况，听着我蹩脚的汉语，老大爷时不时露出善意的微笑。也许是想到了什么，老大爷拿出自己以前参军时的相片一张一张指给我看，还领着我去里屋看摆在供桌上已故的夫人照片。

我从背包里拿出一个笔记本，让老大爷看。第一张纸上写着：

沿途各位，我是日本人，徒步旅行丝绸之路，请给我关照与帮助，谢谢！

——大村一朗（西安 焦程代笔）

这位焦程先生就是前面提到过的导游焦先生。他担心我汉语水平低，旅途中和中国人交流不畅，特意帮我在笔记本里写下了上面那些话。有时，即便是没发生什么状况，我也会像今天一样，让人看看这句话，主要是为了方便交流。有意思的是，每次都有人主动在笔记本上签上自己的名字或者写上一些鼓励的话。这个笔记本，已经被我视为精神支柱、无价之宝。孤身一人，行走在路上。拿出随身携带的笔记本，读读大家的留言，顿时孤独感全无，走完全程的信心也更坚定了。日本小说家吉田絃二郎说："人在独自一人时最坚强。"可能就在这个过程中，人学会了和孤独相处、学会了战胜孤独。

老大爷看了一遍，也拿起笔为我留言：

日本朋友大村一朗，我们中华民族佩服你的毅力和壮志，祝你一路顺风、如愿以偿！

——彬县水宁乡姜渠村 王来立

一个小时过去了。我起身告辞，老大爷帮我托起背包，说道："多保重啊！"我与这位中国老人素昧平生，因为语言不通，除了那句留言，我们没有太多的语言交流，但是老人家的淳朴与热情深深打动了我。再见了！老人家。

在夕阳西下的时候，我来到了长武闹市区。路灯与霓虹灯辉映下的街头夜市，很是热闹。不过与大城市的拥挤嘈杂不同，这里的热闹别有一番意趣，独具异域乡情。

沿途路边摊，满满当当。来此闲逛、购物、进餐的人，熙熙攘攘。我四处观望，穿梭于来来往往的人群中，想找一个落脚之处。一位卖水饺的摊主和我搭话，我借此向他询问附近是否有便宜的旅店。这位大哥听后，二话不说，就要领着我去，连自己的水饺摊也不管了。他领着我沿着主街走了一会儿，然后拐进一个幽暗的小胡同，不远处，隐约看到了旅店的招牌。那是一栋二层小楼，外墙镶着白色瓷砖，里面干净整洁。

"快出来！来了一位日本客人。"应声出来的是店主夫妇。

"快请进！请进！"

店主一看就是老实人，话不多；老板娘倒是热情开朗，言谈举止十分得体。

放下行李，我就去到那位大哥的饺子摊吃了顿饺子。饺子馅儿里有红辣椒，咬一口，红红的汁液就流了出来。一路走来，我已经习惯了这种辣辣的味道了。中国人的饭桌上都摆有酱油、醋、红辣椒、青辣椒和大蒜。尤其是青辣椒和大蒜，随处可见。当地人会用这两种东西拌饭吃，咬在嘴里咯吱作响。我体验过，觉得这种吃法确实很爽，口感非常不错，特别是青辣椒配上肉菜，清凉爽口，别具风味。不过，毕竟是辛辣食物，要是吃法有误的话，简直就像是口中含着一团火。

回到旅店，不一会儿，善谈的老板娘来到我的房间，用英语正儿八经地问道："Where are you going？"

相同的问题已被问过多次，得知我的终点是罗马，老板娘竖起大拇指为我加油打气。大家的鼓励与赞许像是一剂"兴奋剂"，让我精神振奋，信心百倍地去挑战下一段旅程。

>> 夕阳下的回族父子俩（行约 314 公里）

6 月 23 日，我结束了陕西省的旅程，进入甘肃省境内。

路上断断续续看到的行人，大多戴上了白色圆帽。起初，我还以为当地多厨师。后来才知道，他们都是回民，戴白帽是回族的一种风俗习惯。

回族多信仰伊斯兰教，所以中国人管伊斯兰教也叫回教。路遇的回族人也说汉语，要不戴这一顶白帽，我很难分辨回族人和汉族人。

听这里的老人说，回族人信教，要做"五功"[1]，一定要戴着这顶白帽。他们做礼拜时，礼拜者的头是不能暴露在外面的，必须要用什么东西遮住。叩头时，他们的前额和鼻尖还要着地。渐渐地，小圆帽也变成了没有檐的了，并叫它"礼拜帽"。他们很爱干净的，看礼拜帽的颜色就知道，白白净净的。这些长发飘飘、皮肤略黑、五官立体的老人一聊到这些话题，个个目光有神、满脸兴奋。他们说着汉语，散发出一

---

[1] 伊斯兰教教法规定"五功"是穆斯林必须履行的神圣义务和功修课程，是将基本信仰付之于实践的基石。旨在维系、坚定穆斯林的宗教信仰和宗教感情，表达对造物主安拉的虔信和敬畏，通过功修达到认主独一。中国穆斯林将"五功"谓为"修持之道"，是"天命总纲、教道根本"。——译者注（本书注释若无特殊说明，皆为译者查注。）

种独特的西域气质。

午饭时间，我随意找了一家，点了那家最受欢迎的炒面，5 分钟后，面上桌了。面淋上醋，再加上生姜、大蒜，变得更香醇可口。开吃了。

店里的顾客既有戴白帽的也有不戴的，我很是好奇，问了才知其中的缘由——白帽是回族的象征，也是已婚的证明，戴白帽表示已经成家，要堂堂正正地为整个家庭而奋斗。

出了饭店，坐在路边石阶上，点上了一支烟。人说"饭后一支烟，赛过活神仙"，小憩之余，感受周围的点滴生活——扬长而去的卡车、小镇低调的喧嚣、西方的火烧云。为了留住这迷人的瞬间，我拿出相机，准备拍照。

突然，镜头里跳进一个小男孩。

"不能打扰叔叔啊！"

小孩的父亲提醒他，又略带歉意地冲我点点头，虽稍显拘谨，但却始终面带微笑。虽然未能为父子俩留下一张照片，可他们的一举一动、一言一行都融进了黄昏中，夕阳将他们的影子拉得好长好长。影子一高一低牵着手，慢悠悠地向前走着。这一幕，将永远印记在我的脑海里。

我起身继续向前走。不觉间，已来到平凉市区。

平凉是古"丝绸之路"的必经之地，中国历史上说，出了西安就是平凉了。像玄奘法师、张骞这样的知名人物，都在这里留下过足迹。关于中国的地名，无论古今，似乎每一个地名的诞生与更替，都藏着一个故事。中国的这个汉字"平"，好像有战胜的意思。很久以前，可能这里发生过战争[1]吧。

日本的"县"相当于中国的"省"（当然面积要小得多），而中国的"县"

---

[1] 中国东晋十六国时期，前秦国王苻坚欲讨伐前凉，在高平镇设置了平凉郡，取"平定凉国"之义。平凉便由此得名。

上面还有"市^[1]"还有"省"，规模依次递增。中国真是幅员辽阔呀！

　　平凉是我走过的城市里仅次于咸阳的大城市，对外国人开放。在这里，即便遇不到日本人，碰见外国旅行者的概率也很大。文化的包容程度，与开放程度是成正比的。平凉，包容着来自世界各地的朋友，也融合着世界不同的文化。

甘肃·西方的火烧云

---

[1] 北京、上海、天津、重庆这四个直辖市，与省同级。

>> 我的"长征"（行约 706 公里）

从平凉起，道路都是缓缓的坡。10 天前，泾河还是波涛翻卷、气势磅礴，现如今，河宽已不足 10 米。泾河虽时隐时现，但从出发起就不离不弃，陪伴在我身边。不过，今天我就要和泾河挥手告别了，因为它的发源地——六盘山，已近在咫尺了。六盘山也是古丝绸之路的必经之地，看山势地形，便知道又是中国古代的兵家必争之地。

一早，我从什字村出发。一路上层峦叠嶂、绿树葱茏。这一带，山地未被开垦成农田，还保持着原生态，我仿佛回到了日本。5 公里后，我来到了和尚铺。道路在此一分为二，一条通向我今天的目的地——隆德，另一条则通向固原。村子周边在进行道路施工。路边有七八个工人正在休息，看我过来，便主动和我搭话，于是乎，我便坐下与他们闲聊起来。有个人，指着远处六盘山的主峰，说道："你看那边！"

隐隐约约能看到，远处山脊上的楼阁式建筑，据说是红军长征纪念馆。他们告诉我：1934 年，中国革命遇到了危险，中国的共产党受到一个叫国民党的大围剿，共产党为了摆脱国民党的追击，就开始转移。这一转就是一年多，一共走了两万五千里呢。后来这场漫长的转移，就被称为"长征"了。

有位长者，不禁朗诵起毛泽东所写的《七律·长征》诗，语气甚是慷慨激昂。我不能完全听懂诗中内容，但看这长者满是自豪、激昂的神态，我似乎已深深体会到了长征的顽强与大气。我也要像红军般坚强才是。那长者还在我的地图上画出了长征路线。和我走过的路线有一部分重合，不过，红军在和尚铺，向固原方向行进，最终到达延安，而我走的却是另一个方向。走过和尚铺时，隐约记得看到过一块石碑。那应该就是长征纪念碑吧。

有一个人半开玩笑地说："你这也是'长征'啊！"

"哈哈，可不能这样说。"我不好意思地回应道。我的徒步游和当年的长征完全不能相提并论。我只是一个追逐梦想的背包客。

从静宁开始，我进入山地带[1]。翻过五六座山，我到达了沙家湾。站在旅馆的中庭远眺，林深叶茂、峰峦叠翠，很是漂亮。

收拾好行李，将要离开，一位女服务员来找我。手里拿着一个笔记本，里面写着几句话：您是第一位住在我们这里的外国人，对我来说，是我的第一位日本朋友。她一字一句地读完之后，又说了一些鼓励我的话。

相遇是一种缘分，尤其是这种"一期一会"，一定要珍惜。我拿出焦先生赠给我的那本笔记本，让她把刚才的话抄写了一遍，并署上名字。她的名字叫李春霞[2]，取"春天的彩霞"之意。我夸她名字好听，她害羞地笑了笑。中国女性的名字确实都比较可爱，而且很有诗情画意。与此相对，男性的名字中包含很多与国家建设方面的词汇，具有阳刚之美。

"您慢走！"女孩非常有礼貌地送我出门。在中国，送客人离开时一般都说这样一句话，相当于日语中的"気をつけてね"。取"春天的彩霞"之意。

我每天都能听到这句简单的汉语寒暄语。它饱含着温情，已经成

---

[1] 山地带是海拔500米以上低山、1000米以上中山和高山山脉分布地区的总称。
[2] 原文为李春雯，应为李春霞之误。

为我最喜欢的汉语之一。让我不疾不徐地开始下一段旅程，一步一个脚印地走向罗马。这天，我以每小时 4 公里的速度前行，终于到达华家岭。迄今为止，我已经徒步走过了 530 公里，耗时 27 天。

现在，我最想去的地方就是甘肃省的省会——兰州。横在面前的黄土高原，成了一道长长的屏障，想要到达自己心中的圣地兰州，就还要走上 6 天，行程共 187 公里。前途漫漫……

那一瞬间，理性回归。我狠狠地对自己说：你这个没志气的家伙，还梦想去兰州享受，你不是立志要走到欧洲嘛，现在还没有离开东亚，怎么就灰心丧气了！

"革命尚未成功，同志仍需努力。"

至今，我已走过 11 个县、2 座城市。过了榆中县，就到兰州了。这是出发后的第三十二天，才过 1 个月而已。我相信，走过的每一步都会成为人生的积淀。不要在乎生命的长短，而要用心领悟成长的每个过程。

沿着岩壁高耸的峡谷顶端步行，视野豁然开朗，兰州城尽收眼底。这座数百年的古城，如今仍是中国大陆西部的重大城市，这等规模和市容市貌是我沿途经过的其他城市所无法比肩的。

我来到以兰州车站为起点的商业繁华地段，并选择入住旅行手册中首推的兰州饭店。该饭店单间价格不菲，每晚要 300 元，背包客的床位房，每个床位仅 22 元。

兰州饭店的建筑外观格外庄严古朴，大厅里更是富丽堂皇，不愧是高级宾馆。连卫生间，也是同样的精装修，全部都是高档大理石材质。附近就是兰州大学，正值暑假时期，校园内十分幽静，只有对外开放的游泳池边不时传来孩子们的欢笑声。

置身这样一个国际化都市，我却有些许落寞。看着川流不息的车队和时尚打扮的年轻人，与农村地区大相径庭，恍如隔世。

河西走廊·洲（兰州——张掖）

因残破而展示了生命的力量，
因蜿蜒而影射着古老国度。
——[印度]泰戈尔

>> 蜜蜂突击（行约 891 公里）

　　我用两天时间走完了兰州地区的城镇，最后来到河口古镇。正如它的名字，这个城镇位于附近的庄浪河汇入中国黄河的河口处。由兰州延伸而来的道路在此一分为二：一条还是沿着黄河向西延展，一条则随着庄浪河北上。前者即为丝绸之路青海段，它穿过中国甘肃省，进入青海。后者通向河西走廊，是丝绸之路的主干线，也是 312 国道的组成部分。而我自然是沿着 312 国道前行，向河西走廊进发。

　　我将要到达的第一座城市是武威。它距离兰州约 280 公里，步行需 10 天。路旁时而会出现如锯齿般连绵的山峰，那就是属于祁连山脉的马牙雪山。从严格意义上讲，它还不能算一座真正的雪山，在这个纬度上，海拔不到 4500 米，很难做到常年积雪不化。说它是雪山，可能是因为它的岩石表面颜色是白色，远看像雪山吧。看山形确实与马牙类似，所以叫"马牙雪山"吧。

　　河畔有很多养蜂人。蜂箱上成群的蜜蜂来回飞旋。蜜蜂警戒地围着我呈"8"字形上下翻飞。我一边小声地念叨着"对不起，让你们受惊了"，一边加快脚步前行。但有一两只蜜蜂围着我的脑袋飞来飞去，又来了四五只蜜蜂落在我的头上，嗡嗡地叫唤。我使劲摇头，想把它们甩掉，可越这样，蜜蜂钻得越深。我惊慌失措，胡乱地拍打自己的脑袋。有几只被我弄下去了，可还是有那么一两只顽固地藏在头发里嗡嗡直叫。这么一折腾，无论是被打掉的蜜蜂还是留在头发里的蜜蜂都开始攻击我了。我撒腿就跑，一边跑一边还"砰砰"地拼命拍打自己的脑袋，一直跑到了100米开外的地方。停住脚步之后，已是上气不接下气，感到头皮一阵阵刺痛。果真被蜜蜂蜇了。我气急败坏地来回抓挠着头发，头发里的蜜蜂还活着，不过已经奄奄一息了，隐隐能听到一丝丝嗡嗡声。成了两败俱伤的结局，也实为无奈。

摆脱方才的慌乱，我继续我的征程。不久，右前方便出现了海拔3562米的乌鞘岭。这乌鞘岭盛夏飞雪，寒气砭骨，山势峻拔，地势险要，想来也是历代兵家必争之地。听说这里的长城是万里长城中海拔最高的一段。

现在我要绕到祁连山的北侧去，目标是乌鞘岭左边的山坳。那里既是黄河水系的分水岭，也是黄土高原和河西走廊的分界线。过了这个地方，就看不到起源于祁连山脉的河流了，它们滋润着山脚下的人家，最后却消失在内蒙古那片广袤无垠的沙漠中。

我终于要和陪伴多日的庄浪河告别了。路右边就是高达两米的野长城，大约走了4公里的上坡路，我来到坡顶。虽凉风阵阵，但沐浴在久违的阳光中，却是暖意融融。极目远眺，河西走廊，就在不远的前方。

走了一公里左右的下坡路，路边出现一家鲜奶屋。藏族大叔把牛奶和白糖倒进碗里，还为我沏了一杯热茶。一碗牛奶才卖5角钱。要第二杯时，他还特意加上了一些自制奶酪，喝起来醇厚香浓。盆地的那一边，就是我今天的目的地——安远镇。一路上，长了见识并有所心得，这才是旅途中最为宝贵的财富。正所谓，读万卷书，不如行万里路。路还未行千里，我已体会到行路的历练和价值。

>> 武功军威（行约951公里）

碧空万里如洗，我有种预感——山那边应该就是广袤无垠的沙漠了。路边的龙沟河，河水清澈见底，周围的山峦呈现出紫红色。这一带几乎不见农田。当地人主要从事岩石开采、石灰磨制等工作。也许是因为炸山采石的缘故，周围的山好像都被削掉了一大块，露出光秃秃的山体。山下有人忙着向卡车上装石头，有人忙着作业，他们头上就是危耸的高山，山上的石块好像会随时滚落下来。

突然，一辆车停在我身边。车窗嘶地降下，里面的摇滚金属音和冷气扑面而来，让我一阵眩晕。车里坐着两男一女，都很年轻，服装和发型也很时尚。

"这三个人是干什么的？"我正犯着嘀咕，对方先开口说话了。

"你是哪国人？坐我们的车走吧。"

我礼貌地拒绝了他们。他们便没强求，驾车离开了。两三分钟后，又有一辆大卡车从我身边经过，里面坐着三个穿着工作服的工人。他们应该是刚干完活，头发乱蓬蓬的，脸上落满灰尘。

这世上有很多人，虽然生活在同一个国家，使用着同样的语言，可是生活境况却完全不同。记得有人说过这样一句话："命运这种东西，生来就是要被踏于足下的，如果你还未有力量反抗它，只需怀着勇气等待。"

黄土高原在古浪这个地方就突然消失了。迎接我的是，砂砾和戈壁滩。刚进入戈壁滩，还能看见河水和麦田，走了一公里后，山消失了，河水也消失了，只留下空空的河道。麦田也荒得不成样子。迎面吹来的热风，让人嘴唇发干。

这里看不到葱葱郁郁的高山，也听不到潺潺的流水声，更找不到可以乘凉的地方。难道这就是传说中的戈壁滩？这就是所谓的河西走廊？一种恐惧感袭上心头。不过，事情并不像我所想得那么糟。来到武威市，我眼前就开始出现灌溉水渠、麦田以及成排的杨树。前行的路，也开始有了生机和活力。不用说，"武威"这名字也定是与历史上的某些大事相关联着，透过这名字，便可联想到一位大显神威、平定祸乱的将军帝王身影。

几小时后，我来到了谢河村。村里没有旅社，村民建议我到村公社问问。村公社比较安静，正门旁就是公安局。问后，他们同意我在院子里支个帐篷。正物色支帐篷的地方，一个公社人员看见了我，特别吃惊，听完我的解释，他立刻就把我领到了办公室介绍给其他同事。他们非常欢迎我，不仅请我吃了晚饭，还特意给我安排了一个空房子休息。

晚饭后，大家都不约而同地聚到院子里乘凉喝茶。不一会儿，大家又回去工作了。对我来说，这个傍晚比较特殊，可是对他们来说，应该是平淡无奇的。不仅今天，明天、后天，甚至未来很长一段日子里，他们应该都会这样度过。那一瞬间，我忽然特别怀念徒步旅行之前的安逸。不过，这安逸也只能等这次旅行完成之后才能享受了。未来之于我，也是莫测的。就连几小时之后的明天，我尚不知会身在何方，会遇见什么人。

>> 山丹古城的木乃伊（行约1179公里）

这天，我来到距武威18公里远的四十里堡。这个村子没有旅店，我打算在中学校园里支帐篷露宿。正值暑假，学生都放假了，只有一位老师值班。简单交流后，他帮我联系上一位朋友，让我住在他经营的饭店里。

晚上9点，饭店来了两个风尘仆仆的年轻人。原来，他们都是兰州的大学生，想利用暑假来一次冒险之旅，终点是金昌市。听说我要走到罗马，长发的那位兴奋地说道："是你啊！我们早就听人说过你了。"

"老乡见老乡，两眼泪汪汪"之感油然而生。他们的目的地金昌，离前方的永昌县（金昌市辖县）大概50公里，我们可以沿着312国道同行至永昌。

第二天，6点半，我们三个一起上路，耐着干渴走过茫茫的戈壁滩。

继续前行，在离目的地东寨村5公里的地方，我们发现了一条清澈透底的人工渠。

我们都脱了外衣，进水凉快凉快。从祁连山脉引来的渠水十分清冽，脚刚伸进去就凉得不行。我欠身把脑袋浸到水里，用手往脖子上撩水。那瞬间，我仿佛穿越到了童年时代。我们像三个天真纯朴的少年，在水里开心地扑腾、玩耍。水花四溅，三张充满"童真"的古铜色笑脸被夕阳映衬得格外灿烂。在那一瞬间，我坚信这个场景会永远留在我记忆中。不仅如此，我们三个人具有穿透力的大笑，头顶上漂亮的夕照，干燥空气中弥漫的温情，这一切的一切，都将被我珍藏在心里，终生难忘。

到达永昌，分别的时候也到了。

"我们会想你的。"两个人回头向我挥挥手，渐渐消失在拥挤的人群中。

能否再见已不再重要了，一期一会，才让我们更加珍惜这每一次短暂的相逢。

地图上显示，今后每过一县，就要跨越一大段戈壁，所以我要减轻背包，储备好饮用水。休整好，第二天我走了34公里，来到水泉子村。水泉子村，位于延庆县东北61公里，海拔550米，因村北有一水泉故得名。这是一个地道的小山村，有大山特有的宁静，更有大山般性格的淳朴农民。但从这里开始，到70公里的山丹县城为止，是严重的缺水或无水地区。

水泉村这个区域，其实也并不是荒无人烟，中间是丰城堡，是补给物资的中转站，还设有饭店。这中转站，多少还保留着古代驿站的痕迹，无沧桑的容貌却有古老的灵魂。

离开水泉，草地时有时无。万里长城遗址也时隐时现，和照片上雄伟壮观的长城不同。眼前的长城，只剩下断壁残垣，普遍高度不足4米，历经沧桑，却仍绵延不绝。印度有位泰戈尔曾说："因残破而展示了生命的力量，因蜿蜒而影射着古老国度。"面对这几千年的历史积淀，即使眼前残垣如此破败，心中仍不免生出敬畏之意。

傍晚时分，我走到一处宽阔的山谷。前方飘来大团大团的"乌云"，定睛一看，那根本不是什么乌云，而是遮天蔽日的巨型沙墙。

"这是沙尘暴吧。是躲还是不躲呢？"正想着，沙墙已跨过峡谷径直向我扑来。

环顾四周，没有地方可以藏身。犹豫间，黄沙滚滚，向我逼近。没法，我急速跳进路边的一个浅坑，大半个身体还露在外面。刹那，天地间黑如暗夜，大风呼号，雨水夹杂着泥沙倾盆而下。十多分钟后，风息雨停，重现天日。真是惊险！

第二天早上，我离开了丰城堡。长城，离我只有几百米远。我们最终"相遇"了。经过修葺护理，这段明长城非常雄伟，上面的烽火台在风吹雨打之下，并没有多大损伤。中国人的烽火常常是跟硝烟、战争等联系在一起的。不知这烽火台下又埋葬了多少先烈和战魂。

未至山丹，我却先遇见了"山丹长城陈列馆"。听当地人说，山丹从前还有个更美的名字叫作"删丹"。此地附近，有座焉支山，太阳升起的时候，阳光的"丹"色与树木的"翠"色交织在一起，就像汉字——"删"，于是县城就得了"删丹"这个名号。不过，这美丽单纯的名字，却因这历代的战火而多了许多沉重。

吃饭时，我问老板："陈列馆有什么值得看的吗？"

"有 400 多年前的 munaiyi 哦！"

"munaiyi 是什么？"我很好奇，决定进去看一看。

来到陈列馆，讲解员告诉我：中国秦汉时期，删丹是月氏[1]及突厥[2]这些"野蛮"民族的属地。中国汉武帝时代，有位出名的勇将叫作霍去病，他 17 岁时，跟随卫青将军击匈奴于漠南，仅用八百轻骑兵便打败了匈奴，被封为"冠军侯[3]"。

现在，汉语中用"冠军"这个词形容在体育比赛中获得胜利或拿到第一名的运动员，可见他在中国历史上的名气。霍去病 19 岁时。两次打击了河西地区的匈奴，俘虏了匈奴王等上百人。从此，汉朝便控制了河西地区，删丹也再次重回汉朝的控制。

从删丹到山丹，这地名千年来经过了无数次修改，每一次，是一场厮杀或是一场政治运动。霍将军 24 岁英年早逝，而删丹，也并没有一直留在汉族人的手中。关于土地的争夺，又一直持续了千年。

馆内陈列着汉、明时期山丹县的相关文物和资料。居然还有一张古丝绸之路的路线图。我发现我走的 312 国道和古丝绸之路的路线并不完全重合。现在的丝绸之路是南边的一条路，和国道并行，亦有重合的路段，两者之间有四五公里的距离。

看了实物，我才知道"munaiyi"就是 "木乃伊"。一位少女木乃伊被放在棺木中，看穿着打扮，应该是位富家千金小姐。馆里人很少，

---

[1] 月氏是匈奴崛起前居于河西走廊、祁连山的古代游牧民族，亦称"月支""禺知"。

[2] 突厥是历史上活跃于蒙古高原和中亚地区的民族集团统称，也是中国西北与北方草原地区继匈奴、鲜卑、柔然以来又一个重要的游牧民族。

[3] 冠军侯，是中国西汉曾经出现的列侯爵号，取"功冠全军"之义，于元朔六年（前123 年）分封名将霍去病。这个侯爵是汉武帝专门设立的。

木乃伊前只有我，有点儿瘆得慌。我找了一个合适的位置，想近距离地观察这个女孩的"真容"，越看越觉得她就是一个木偶，很难想象她"身姿曼妙、容貌姣好"的模样。

离开博物馆，不一会儿，就到了山丹长城的另一边，亲眼见到了高度不足一米的汉长城。这一高一矮的明汉两条长城，相隔应该有1500多年吧，城墙上沧桑的容貌，似乎在讲述那段悲壮的历史，也仿佛在告诫人类一定要珍惜眼前的一切。时间让世间万物消失殆尽，眼前的长城也在一天天地衰老。不加以管理和修护，这世界的奇迹也会慢慢地被风雨腐蚀、被时间吞没。靠在汉长城的城墙边，我思绪万千。恍惚间，小寐了一会儿，梦中出现了万里长城的英姿，他雄伟壮阔，巍然屹立。抵御着外敌的入侵，保护着百姓的安定生活。

第二天，在距山丹市区25公里的地方，我下了国道，改向南走。之所以改道前行，是因为昨天那张古丝绸之路地图的启示，我想顺着古代这条维系东西方数千年经济和文化交流的命脉继续前行。

不久，来到一个十字路口。东西向的这条路应该就是古代丝绸之路。走了500米，我来到了东乐村。村里，农家昏黄的灯光，指引着我前行的方向。离开村子，天色变得更暗了。狭窄而幽暗的古道几乎被夜色吞没。不像是通向张掖，倒更像是通向古代的神秘文明的不归路。路旁有水田、成排的杨树，路上有急着归家的牛车、驴车……路可能还是那条路，但走路的人却早已换了一代又一代了。

世间万物发生、变化。人类无法阻挡时间的双手，毁坏一切，抹掉一切。

都邑胜境·史（张掖——骆驼圈子）

葡萄美酒夜光杯，欲饮琵琶马上催。
醉卧沙场君莫笑，古来征战几人回。
——［唐代］王翰《凉州词》

>> 葡萄美酒夜光杯（行约 1440 公里）

从南华村出发，要到元山子，要走过 36 公里的戈壁滩，前途漫漫却也艰辛。

走了两三公里，连绵不绝的山脉中出现了一座雪山。起初，我还以为是在山顶的白云，再走近些看，方才确认，原来那竟是我盼望已久的祁连山。"祁连"想必是匈奴语吧，祁连山在匈奴人眼中应该是如"天山"般的存在。蓝天映衬下的雪山格外迷人，山顶的积雪晶莹剔透，就像朵朵拥抱着大山的白云。时值盛夏，那里冰凉得如同人间仙境，让我无限神往。

忽然，一匹骆驼出现在我的眼前。"骆驼！"第一次看到骆驼的我，高兴得手舞足蹈，差点儿喊出声。幸亏刹住了，没把它吓着。它不紧不慢、优雅地走着，那伟岸的身躯就像一艘大船，大约在两米以上，背上有凸起的驼峰，脖子很长。它行走的速度虽没有马快，但能驮很多东西。据说骆驼是有灵性和情感的动物，在沙漠里，循着骆驼脚印，就能找到水。可以说，没有骆驼，也就不会有丝绸之路。

雪山戈壁、大漠骆驼，这是一年前我脑海中常出现的美景，如今却活生生地出现了。好不真实，我以为这是一场梦。

就在同一天，我遇到了第三个惊喜——哈密瓜。哈密瓜甘甜醇美，圆圆的外形比我小时玩的橄榄球足足大了一圈。路上，一位新疆卡车司机，热情地请我品尝了一块他亲手培育的哈密瓜，这瓜皮薄肉细、香醇浓郁，我哪里还顾得什么，只管大口大口地吃起来。

傍晚时分，我来到元山子。村子人口不多，背山而居。我在村里的旅店住下，和店主老人讲述一路上的见闻，他眯着眼睛听得津津有味。末了，竖起大拇指，对我说："年轻人，坚持下去，你一定能成功抵达罗马！"

当地人的淳朴、热情暖着我的寂寥，也解了我这一路的疲惫。抵达罗马，指日可待。

来到中国酒泉，戈壁滩消失了，我竟有些意外。国道旁流淌着的人工渠滋润着荒地，使荒田变成沃土，吸引着人们到此安家落户。在酒泉，这样的绿洲并不少见。绿洲连成一片，构成了一大片绿色地带，抵挡着戈壁漫天飞舞的黄色风沙，保护着这片土地人民的基本生活。

这三天，在绿洲中行走，并未受日晒干渴之苦。从张掖出发的第九天，我到达了酒泉市区。酒泉是甘肃最大的城市。据当地人说：古时，这座城下有酒一样的泉水，因此这里才被叫作酒泉。就像武威、删丹那些地方一样，这里也是霍去病[1]将军从匈奴人手里夺回来的。中国的汉武帝[2]将几十万中原农民迁到这里，定居耕种，酒泉也从那时起成为汉

[1] 霍去病（前140年~前117年），汉族，河东平阳（今山西临汾西南）人，中国西汉名将、军事家，官至大司马骠骑将军，封冠军侯。
[2] 汉武帝刘彻（公元前156年7月14日~公元前87年3月29日），中国西汉第七位皇帝，杰出的政治家、战略家、诗人。

代的"河西四郡[1]"之一，更是丝绸之路上的交通要塞。

酒泉、武威、张掖、敦煌这四个古城大约相距200～300公里，步行的话，需要七至十天，这样的距离和时间对于徒步旅行者，刚好合适，而不会因行程太漫长而感到枯燥无聊。行走在河西走廊之中，沙漠的广袤与雄伟自不必说，更重要的是可以领略到"河西四郡"的古风古貌与磅礴气势。

酒泉，我来了！进入酒泉市区，都市的繁华让我有些兴奋。古往今来，多少旅者与商队来过这里。而此时此刻，我已不是一个"闯入"酒泉的陌生人，而是羁旅他乡多年，回归故土的旅者。古都酒泉让人不禁产生这样的情怀，让人情不自禁想要亲近，好似故地重游、似曾相识。

在幽静的小巷，我找到了酒泉市招待所。俗话说"酒香不怕巷子深"，这个招待所藏在巷角，建得方方正正。前台挂着很多时钟，显示着世界主要城市的时间，我看了一眼，现在东京时间是午后1点，日本的家人正在午休吧。离家许久，思乡之情不禁蔓延于心间。

早过了午饭时间，肚子咕咕直叫。招待所旁，包子、水饺、西西卡巴烤肉、面食，应有尽有。烤肉串本是清真菜，用羊肉是很自然的。可没想到，酒泉的包子和水饺也都是羊肉馅儿的。我也吃过中国其他地区的羊肉，如果不撒上大量调料，会有很大的膻味。可这里的羊肉，味道好极了，一点儿也不膻，却弥漫着独特的肉香，洋溢着西域的味道。

饭后，我来到百货商店。按理说，我这样的徒步，算是穷游，不应该去奢侈品专柜。但下个月就是母亲的生日了，想买一件酒泉特产——夜光杯，作为她老人家的生日礼物。

---

[1] 河西四郡，指西汉政府在河西走廊设置的四郡，即武威郡、张掖郡、酒泉郡、敦煌郡，行政范围大致包括今甘肃省西部的武威市、金昌市、张掖市、酒泉市、嘉峪关市、敦煌市、内蒙古西部阿拉善盟一带。

当地人总是笑称："金张掖、银武威、玉酒泉"，说起酒泉，就不得不提出产于酒泉的夜光杯。记得中国唐代诗人王翰[1]的《凉州词》[2]中的一句："葡萄美酒夜光杯。"原来，古城凉州的葡萄美酒和酒泉的夜光杯的名气早已驰名天下了。自古，便负盛名的酒泉夜光杯，真是"中国一绝"。据说夜光杯自己不会发光，它需要借助外部的光来产生那种奇异的效果。

不过，我并不想在商场里买，想先看看，再去东大街的工场买，那里会便宜很多。

正值午休，东大街夜光杯工场的加工车间里没有人。工场里摆放着几套机器，包括研磨机和白炽灯，机器周围散落着破碎的玉片，旁边堆满了砂石般的粉末。工人们就是在此，磨制出一件又一件闪闪发亮的夜光杯。

三楼就是工场的直销店。上百个夜光杯，在灯光下熠熠生辉。乍一看，都很相似，细看，就会发现无论是颜色、花纹，还是形状，每个夜光杯都各具特色。我用半个小时，挑出了一对夜光杯，并要了最豪华的包装，最后价格是64元，与百货商店一致。

下午5点，我离开了工场，夜市华灯初上，热闹非凡。我买了一罐啤酒，怡情小酌，徜徉闹市，品尝着思乡之情。

---

[1] 王翰（生卒年不详），字子羽，并州晋阳（今山西太原市）人，中国唐代边塞诗人。
[2] 葡萄美酒夜光杯，欲饮琵琶马上催。醉卧沙场君莫笑，古来征战几人回？（王翰的《凉州词》）

>> 刀切晚霞（约 1734 公里）

　　清晨，我离开了招待所。背上行李，向着嘉峪关进发。站在北大河大桥上，流水声轻轻地敲打着我的耳鼓。北大河，作为绿洲酒泉唯一的水源地，水量丰富，水流湍急。过北大河，我又重新被戈壁包围。好在受人工渠滋润，道边的树木郁郁葱葱、枝繁叶茂。

　　离开酒泉地界，古城墙与烽火台相继出现。到了嘉峪关了。

　　嘉峪关是中国明长城西端的第一重关，也是古代"丝绸之路"的交通要塞，明代万里长城西端的起点。与河西四郡不同，如今的嘉峪关是一座新兴城市。南北走向的新华路是城市主干路，非常宽旷，就像飞机的滑翔跑道。路边整齐排列着的灰色调高楼大厦，每一座都是四四方方。银行、医院、新华书店分布其中。沿着中华路走上一公里，来到了它和雄关路的交叉十字路口。之前经过的绿洲古都的市中心十字路口，一般都会建有一座钟楼或钟鼓楼，但是这座新兴城市不仅没有这样的建筑，就连寺庙都没有一处，取而代之的是一个大大的环形花坛。　有十个年头的嘉峪关宾馆正在翻修。最便宜的房间是会议室，只对外国人开放，每人每晚 15 元。房间非常宽敞，大约有 29 叠 [1]，还铺着地毯。里面有 11 个长沙发，可能因为装修期间房间不足，会议室才被开辟为住宿区。

离开张掖后的这 10 天，我没洗过澡。每天汗流浃背、灰头土脸，没洗澡，长达 10 天之久，真是令人难以想象，好在我已经习惯了。徒步旅行，光从"徒步"二字，便知旅途的艰辛，条件自然没那么好。好在进入河西走廊之后，气候干燥，不洗澡全身也不会油腻腻的，洗洗脸泡泡脚尚可。

我已经走了这么久，再艰辛我也决不回头。坚持，就是胜利。

火日炙人、热风扑面，这样的天气，即便是坐着不动也会浑身冒汗、胸闷气短。走在戈壁滩中，我就像一棵烈日下暴晒的小草，毫无精气神。这几天，穿梭于戈壁滩和绿洲，我见证了戈壁无人区的荒凉和壮阔，也体验到绿洲中城镇与乡村的安宁与和谐。

傍晚时分，我终于到达了今天的目的地——低窝铺站。

天空阴沉沉的，好像大雨将至。我找到一家可以留宿的汽车修理店。

饭后，我出去散步。乌云密布，慢慢地，西边的地平线成了一线天，并出现了"刀切晚霞"的景象，鬼斧神工、煞是壮观。柏油路像一条浑身湿漉漉的黑色大蟒，向西北方面延伸而去。

回头望去，孤零零的低窝铺伫立在沙漠中，像茫茫宇宙中给飞船补给的空间站。一滴凉凉的雨点落在我的面颊上。没多久，雨哗哗地下了起来。第一次在戈壁滩遇见下雨天——地面起初只是一个一个的黑点，慢慢地红褐色的泥水四溅，成了泥雨。瓢泼大雨一直持续到午夜时分，

---

[1] 1 叠约为 1.65 平方米。

硕大的雨点咚咚地敲击着铁皮屋顶，让我难以入眠。屋外雨水肆溢，狂风肆虐，而我能免于自然的捉弄，已然知足，便悄然睡去。

第二天，雨虽停了，天还是阴的。湿气很重，微冷。一整天行走在戈壁滩中，终于到了晚间，来到疏勒河流域的千年古镇——玉门，留宿便有了去处。自汉代置县以来，这里一直是河西走廊过往客商停留交易的一个重镇，我在此处留宿，再恰当不过了。

第二天，继续前行。眼前的疏勒河突然来了个急转弯，离开了与国道并行的轨道，流向了远方。没有了河水的滋润，农田也消失得不见踪影，取而代之的又是茫茫无际的戈壁滩。柏油路上出现了蜃景，沙漠的尽头荡漾着无数个大大小小的湖泊。几汪湖水好像汇聚在一起，行成了一个巨大的湖泊，并且越来越大，仿佛要把山峦淹没，不过一瞬，它又消失得无影无踪。疏勒河再次出现时，桥湾村也在向我招手。

村子旁边竟然有一座保存十分完整的大型城塞，城墙上沿垛口还保留着原始的状态。荒漠孤城，像是电影中的场景。城塞前面有一个小型博物馆，里面陈列有沙漠生物的剥制标本和汉代长城相关的出土文物，当然，也少不了"木乃伊"。博物馆旁，还有一条和国道向西并行的土坡，这应该就是山丹那条汉长城的延续部分。我了解到这城塞，始建于清朝，保存得如此完整，就不足为奇了。

实际上，我在金昌续签的签证仅剩 4 天就又要到期了。为了节省时间，我打算还像上次那样，坐长途大巴车往返敦煌续签。

吃完晚饭回房，我看到一位中国背包客，后背的行李是一条军用睡垫和毛巾被，还拴着一个水壶。也许也是一个徒步旅行者。我喜出望外，走过去和他聊了几句。

"你是哪国人？"

"中国人。"

"徒步走过来的啊！"

他姓黄，今年28岁，也是一位徒步旅行者，此行目的地是乌鲁木齐。

"我走的可不是国道，在内蒙古那边我走的几乎都是戈壁滩。"

这确实是让我佩服不已，内心已经把他当成自己的前辈了。

"黄，你为什么要徒步游啊？"

"我想了解一下各地中国人的生活方式。"

"那你不想去外国看看吗？"

"不想。"

"外国人也有他们的生活啊！"

"我们中国人的生活才有特色，也就是所说的安居乐业吧……"

我们合了一张影，留作纪念，便就此别过了。慢慢地，他的身影变得越来越小，最后消失在地平线的尽头。

安西县·中国徒步旅行者·黄

>> 星星峡里的追梦者（行约 2024 公里）

中国河西走廊内的村落都共享着祁连山脉的河水，有山有水有人家，自然也会有道路。千里祁连山绵延到了这里，安西是河西走廊的最后一个绿洲。到以天山山脉为水源的第一个绿洲哈密为止，中间这长达280 公里的地区都是沙漠。

不过，毫无人烟是不可能的，我发现了两个村落。一个是离安西65 公里的红柳园，从红柳园再走 90 公里，还有一个叫星星峡。走过最后一个沙丘之后，稍事休息。我看到一个人骑着自行车慢慢向我靠近。骑到我的身边，他来了个急刹车。短发、高鼻梁、五官立体，典型欧美人。

"こんにちは（您好）！"

他竟然用日语和我打招呼。他的名字叫 Chris（克里斯），今年 27 岁，英国人。

"你是从哪儿骑过来的啊？"

他从包里拽出一张世界地图。上面清楚地画着他的骑行路线——欧洲、中东、中亚、西伯利亚、蒙古、中国、日本……真是厉害！

"喝茶吗？"话音未落，克里斯就拿出一个汽油炉，麻利地点火，然后又把水倒入炊具中。烧水过程中，他又拿出产自中国、英国、法国、日本的四种茶，问我要喝哪种。我们只是偶然相遇，他却能热心地为我烧水沏茶，深深的谢意和钦佩之情涌上心头。才下午3点，我们就决定"安营扎寨"了。第二天早上，我被克里斯叫醒。发现他已经沏好了一壶法国茶，而且还在忙着做早餐。

"ソバ[1]！"虽然他说的是荞麦面，可是拿出来的却是乌冬面。克里斯用平锅煮了一些鸡肉罐头和乌冬面，同时还灵活地用大拇指把蒜按碎，扔进锅里。接着又放了食盐、胡椒，还有从英国老家邮过来的藏红花等香辛料。这顿炒面味道上堪称无可挑剔，更让人感动的是大厨克里斯的真情实意。吃完之后，我们又互换了家庭住址。收好帐篷，重新上路。

"到罗马了，一定要给我家人寄一封信，他们会联系我的。如果我正好也骑到罗马的话，我会去迎接你的。"

"你两年之后还和现在一样，在外面旅行吗？"

"也许。"

克里斯的旅行已经持续两年多了，马上要迎来旅途中的第三个生日。

"気をつけて[2]。"我说道。

他也郑重地用日语祝福我。握手道别后，克里斯跨上山地车，飞走了。又剩下我一个人了……孤独感不期而至。我曾经问过克里斯为什么要选择骑行，他只是轻描淡写地说：青春当远行，顺其自然。

我曾经认为徒步行是最适合自己的远游方式。可是和克里斯接触后，我才觉得它缺少了旅行中最重要的东西："自由"与"随性"。最重要的是旅程，而不是目的地。随心而行，也许才是生命的正道。

离开红柳园这四天，我几乎没有看到人家。那天午后，我突然发现犹如火星的沙漠尽头冒出了一个小山包。从红柳园出发之后，我还是第

---

[1] 荞麦面。

[2] 一路保重。

红柳园·英国人骑行者·克里斯

一次看到真正的山峦。星星峡应该就坐落在国道延伸处的群山之中。

星星峡并非峡谷，而是像盆地一样的宽阔隘口，地势险要，又是一个中国古代的咽喉要塞。星星峡四面峰峦叠嶂，一条S形的山路蜿蜒其间，两旁危岩峭壁，大有"一夫当关，万夫莫开"之势。周围的高坡上矗立着七八个堡垒，每个都能容下三四个人。不仅是军事要塞，我了解到这里也是文化的分水岭。对于中国新疆人而言，星星峡就是一堵院墙，过了院墙就算是出疆了。

星星峡的群山近在眼前。随着海拔的上升，湛蓝的天空让人临天地间。凉风阵阵，吹干额上的汗珠。忽两峡削起，道路打破了一马平川的平静，走向绵延不绝的险峻。我见到了久违的河流，其流淌了200米，就泻入地下暗河之中。断流处有一口井，村民纷纷挑着水桶过来汲水。这口井养育着一代又一代星星峡的居民。

我晚上入住的是当地的一家招待所。傍晚，一个通信兵带来一个年轻人。他问了我很多问题，包括名字、年龄、旅行的目的、一路走来的感想等，像是记者采访。我也特别想知道关于他的一些事。

"你究竟是做什么的？"我问道。

"我吗？我在附近的采石工场干活，切石头的。我叫朱子青。"

他比我小两岁，今年22。他的言行举止及待人接物的态度完全不像是在这偏僻地方切石头的工人。他邀请我到他宿舍看看，我立刻就答应了。朱的宿舍就在招待所旁边，建在他们的工场里。那是一个采光极差、阴冷潮湿的房间。偌大的空间里只放着一张床，床边堆了一些笔记本、书籍，还有一把吉他。书籍里有一本高中英语课本，每一页都记满了笔记。

"我家在农村，没钱，没上过学。我自学了英语。"

"你还会弹吉他啊！"

"是，工作结束了，就弹弹吉他唱唱歌，有时还写写诗，写写小说。"

朱立志要当小说家。现在最重要的事情也是写小说，主要是以他出生的农村为舞台，以农民为主角，描写他们的理想、追求与苦恼。

他告诉我，床边堆积的十几本笔记本就是他已完成的书稿，剩下的部分还需要10年才能完成。

"10年？！""你知道中国的《红楼梦》[1]吗？是中国清代曹雪芹[2]写的名著。他用了15年才写完的。要想写出优秀的作品，就得有毅力。"

"曹雪芹确实是个优秀作家，可人家曾经也是出身豪门、养尊处优。这样一位富贵风流的才子的10年创作和一个重体力劳动者忙里偷闲的10年完全不可同日而语。"

话到嘴边，却没能说出口。因为我知道，无论什么都无法阻挡他的创作热情。房间的墙壁上贴满了他写的毛笔字。字迹稍显潦草，都是一些励

---

[1] 《红楼梦》，中国古典四大名著之首，清代作家曹雪芹创作的章回体长篇小说，又名《石头记》《金玉缘》。
[2] 曹雪芹（约1715～约1763），名霑，字梦阮，号雪芹，又号芹溪、芹圃，中国古典名著《红楼梦》的作者。

志的话。他扯下其中的一张赠送给我，上面是用黄色墨水写的两个字：渴望。

我相信他会实现自己的梦想。但在中国这样一个幅员辽阔的国度里，他就像一块被埋没在沙土中的璞玉，埋没的长短未卜，遇见伯乐的时机也未卜。"希望你能名扬海外。"

"那样的话，我的这些字可就值钱啦。哈哈。"

谁敢说这事情完全没有可能呢，我也希望他能梦想成真。如果那一天真的能到来，就是"天遂人愿"了。

太阳已经西沉不见，寒风瑟瑟。天空竟已是繁星点点。

星空之下，我遇见了这位文艺青年。尽管在他奋斗的路上布满荆棘，但他有梦想、有追求，且愿为之而奋斗。

心若不死，成功可待。

西域风情·疆（骆驼圈子——乌鲁木齐）

大漠孤烟直，长河落日圆。

——［唐代］王维《使至塞上》

>> 长河落日圆（行约 2084 公里）

昨晚吃饭，遇见几个长途车司机。听说我要走着去骆驼圈子，他们都善意地提醒我不要拿生命去冒险，因为沿途荒无人烟，据说曾经有驴友渴死在路上。无人区之旅，我已习以为常。只要精神和物资两方面都做好准备，决不至于饿死渴死在路上。即便真的发生意外状况，过往的车辆也不会见死不救。我把大量食品和饮用水塞进背包，再次踏上征程。终于，在第三天晚上，我看见了摇曳在风中的点点灯光，那里应该就是骆驼圈子了。那夜，旅途的疲惫让我睡得格外香甜。

第四天午后，一位好心司机送给我一块饼，据说这是维族人的主食，叫作"烤馕[1]"。烤制前表面涂了些盐水，吃起来咸香可口、外焦里嫩。昨晚明明已经看到了骆驼圈子的灯光，可走起来，却是那么遥远。望着塞外的荒漠落日，独自倚靠着路标杆，品尝着"可望而不可即"的无奈。中国古代诗人王维[2]的诗中景致"大漠孤烟直，长河落日圆"被我撞了

---

[1] 馕是维吾尔族群众日常生活中不可缺少的最主要的食品，也是维吾尔族饮食文化中别具特色的一种食品之一。维吾尔族食用馕已有 2000 多年的历史。
[2] 王维（701 年～761 年，一说 699 年～761 年），中国唐朝河东蒲州（今山西运城）人，祖籍山西祁县，唐朝著名诗人、画家，字摩诘，号摩诘居士。

个正着。落日余晖之下，一块小石头的影子，都拉得那么颀长。拖着沉重的身体爬坡，周围已被夜幕笼罩。但我坚信，骆驼圈子村应该就在前方。

一个半小时后，我终于走到了骆驼圈子。村子里明亮的灯光让我一时不能适应，眼睛有些焦灼。带着胜利的喜悦，我美美地吃了一顿晚餐，喝了啤酒。看着酒瓶上"哈密王"三个字，我知道，自己已经进入哈密地区了。

第二天清晨，骆驼圈子才在我面前露出真容——高山、农田、民居、绿树、棉田、河流……是一个美丽富饶的地方。这里曾是古丝绸之路途经的重要驿站，据说是因建有大规模的骆驼圈供过往的商客放养骆驼，故称为"骆驼圈子"。村子周围郁郁葱葱的杨树林成了天然屏障，为骆驼圈子祛暑御寒、阻挡风沙。

刚进入新疆维吾尔自治区，总觉得周围的人、事、物都和汉族地区不同。后来才发现，这种不同不是来自外在客观的环境，而是源自我的内心。长期浸润在以"耻文化"为主流的日本文化中，我非常在意周围人对自己的看法，生活里也是"中规中矩"。即便是踏出国门，来到中国，我也是"谨小慎微"，时刻注意自己的一言一行。日本谚语中还有一句话叫 "外の耻は掻き捨て"，置身于生活习惯完全不同于日本人的中国新疆维吾尔族聚居环境中，我应该更"随意"一些才是，不必太过拘谨。

随着交往的深入，我发现他们其实和中国的汉族人民一样，虽然风俗不同，但大都善良好客，不仅毫不排斥我这个外国人，而且还热情友好地"接纳"了我。"不同国家、不同民族的文化尽管各具特色，但彼此又是息息相通的，因为它们有着相同的合理内核，那就是真诚、善良、友爱、和平。"

>> 山中雪平云覆地（行约 2386 公里）

今天，开始挺进吐鲁番，总路程是 420 公里。

早就听闻吐鲁番是有名的"火洲""风库"，我已做好了思想准备。

走了 10 公里，我眼前出现了一处大型住宅区，但却空无一人。原来，这是一处石油基地，叫作"西出口开发区"，因为正在开发中，暂时还没有居民和办公人员。

远处的天山山脉银装素裹，美丽迷人，让我无数次驻足远眺。离它越来越近，气温也越来越低。"城中雪一尺，山中雪一丈"。昨晚，城里只是下了一场冷雨，可是天山却是"山中雪平云覆地"，每越过一道山岭，风就变得益发犀利、强劲。

在哈密，我未雨绸缪，准备好了过冬的行装。特别灌好一壶热茶，以驱寒温身。

第三天晚上，真正的考验来临了。特殊的地形造就了西疆地区的多处"风口"，我所在之处更是"久闻大名"的"风库"。那晚，我正在帐篷里吃饭，忽一阵狂风袭来，从东南西北四个方向撕扯帐篷，瞬间，帐篷严重变形。"哇！"我大喊着用双手双腿把帐篷压在身下，这才"幸免于难"。风势仍有增无减，无数次的突袭和反突袭，大自然和人类的较量。我未被自然征服，却也被折磨得不行。

东方虽已微微泛白，但帐篷外的大风还在嘶吼。一夜无眠，等来的却是更艰难的一天。

阴云滚滚、遮天蔽日，我把所有的衣服都套上了还是有些瑟瑟发抖。北风呼啸，我像是风中的一片枯叶，身不由己，左摇右摆，举步维艰。特别是当大卡车从身边轰隆而过的瞬间，我直接被吹下路基，滚出两三米远。一上午，我就像一个不倒翁，吹倒了，爬起来，又吹倒了，再爬起来……

中午时分，我找到一个避风的干涸河床，煮了一锅面。特意加了一些辣辣的榨菜，吃完后，身体暖和了不少，人也精神多了。

"疾风知劲草"，我一定要经受住考验。简单收拾，又重新上路了。一步、两步……尽管每一步都走得异常艰难，可是再大的风雪也阻挡不住我前进的脚步。翻过高山岭、越过尾根筋，我终于来到了红山口。

碧空万里，艳阳高照。风一停，只稍微动一动，就浑身是汗。意外的绝色美景，呈现在眼前：右边耸立着锋利如刀锋的群山，苍黑似铁，庄严肃穆；左边是一座座圆乎乎小山，可爱至极。两条形状迥异的山脉之间是粗犷豪迈、雄浑壮阔的戈壁滩，一条崭新的沥青路点缀其间，起起伏伏、蜿蜒而去。

茫茫的戈壁滩上布满黑色砾石，阳光射下，地表发出淡淡的光芒，就像覆上一层光膜。我们生活的地球正用这种方式展示着他的勃勃生机。"也许我是一道微光，却想要给你灿烂的光芒"，这句歌词唱出的正是地球上万物的心声吧。

离开红山口的第三天，我身边的沙漠中开始出现直径 10 米左右的草地，它们就像漂浮在汪洋大海中的绿色孤岛。日薄桑榆，暮色苍茫。

这一带分布着众多维族人家。与汉族建筑不同，他们的房子前一般都建有带拱门的回廊。这是连接屋内与屋外的缓冲地带，相当于日式建筑中的"缘侧"。过了三道岭，处处都透着浓郁的维吾尔族风格。

受好奇心驱使，每经过一处人家，我都要向院内望望。一家男主人看到我，招呼我进屋坐坐。他大约 30 岁左右，长相酷似帅气的日本艺人新沼健治，比他更英气一些。这家的房屋也是土坯建筑，正房里一半是没有铺设地板或瓷砖的土地，另一半是高出地面很多的土炕，可以在上面坐卧休息。这种房屋结构和日本古代乡村的比较像，墙上挂着具有西域特色的漂亮绒毯，炕上则铺着质量优良的毛毯，毯面光泽平滑，毯板挺实柔和，美观大方，想必一定也经得起时间的消磨。

七格台有很多小型的露天市场，人们在那里买卖交易。停车场里的柱子上拴着一只小狗，其他人通过时，它都是龇牙咧嘴地狂吠，可在我面前，它却全身颤抖，并且发出"嗯嗯"的悲鸣声。我蹲下来摸摸它的头，它马上像小猫一样绕着我的脚边蹭来蹭去，又四脚朝天地躺下来，非常温驯。

"这只小狗是不是要被吃掉啊？"我问站在身边的旅店老板。

"不会的。狗肉虽然好吃，但是我们不会吃它的。"

在哈密，我曾经吃过狗肉。看着这只可爱的小生灵，一种罪恶感隐隐涌上心头。

>> 途经火焰山（行约 2570 公里）

木扎尔特河河水清澈、碧绿，像一条翡翠色的绸带。沿着河道走了一段，眼前竟然出现了传说中的红褐色火焰山。中国的《西游记》[1]中有唐僧师徒遇阻火焰山的故事，在日本很是出名，不知眼前这座山，是否就是三藏法师路过的那座。

虽然312国道未与古代丝绸之路完全重叠，但山谷边只有这一条路。若三藏法师真来过这座火焰山，想必他走的也应是这路线。那一瞬，眼前仿佛出现他的背影。他在此稍作停留，沿着河边向北行进。近处的溪谷斜面处有一处千佛洞，名为胜金口。我决定去那儿走一走。

溪谷的斜面处大约有 20 个佛洞，这是伊斯兰教传入之前的遗迹，应该是 500 年前雕刻的佛洞。和敦煌莫高窟相比，这里规模较小也没有工作人员管理。有几个佛洞内壁上还留有壁画的痕迹，可是所有的佛像都已经无影无踪了。

离开胜金口千佛洞，我来到了火焰山山脚下。我还想去参观一下

---

[1] 《西游记》为中国明代小说家吴承恩所著。取材于《大唐西域记》和民间传说、中国元杂剧。宋代《大唐三藏取经诗话》（本名《大唐三藏取经记》）是《西游记》故事见于说话文字的最早雏形，其中，唐僧就是以玄奘法师为原型的。

高昌故城和阿斯塔那古墓群。昌故城的城墙高 10 米、厚度也有 5 米。当地居民在此凿出洞穴，安上一个罩棚，内壁刷上白灰，建成居所。

找不到入城的进口，我就从矮房之间的胡同走进去了。走到尽头，看到一段通往屋顶的土制楼梯。几经攀爬，终于到达高昌故城最高点。放眼望去，城内景况一览无遗。

太阳刚刚沉入地平线之下，斜晖夕照下的大漠苍茫无垠，让人浮想联翩，像是遨游历史长河。城内面积超过 100 公顷，长期的风吹雪侵，地面已经坑坑洼洼。有一处像是王宫的遗址，巨大的支柱以及壁刻依稀可见，可以想象他们曾经的威势。原来这就是高昌古城的遗址，它历经了长达 1300 余年的变迁，却在公元 14 世纪毁弃于战火。走在高昌城中，我感受到一种不可违的自然规律——这些人为的历史痕迹会随着时间的流逝一点点消失，回到一无所有的原始状态。从这个意义上来说，人类的"发明创造"对地球来说，可能毫无用处。它们一旦被人们弃置不用，就会慢慢消失。曾经那么繁华的千年古城如今也残破不堪。

第二天，我走到了吐鲁番。

吐鲁番的景点都在郊外，游客们可以乘坐旅行社安排的大巴车过去。吐鲁番市区东偏南约 40 公里处的戈壁沙丘中，堆积着密密麻麻的古冢，这就是阿斯塔那古墓群。据管理员说：这里是古代高昌城乡官民的公共墓地。以葬汉人为主，同时也葬有突厥、匈奴等中国少数民族的居民。"阿斯塔那"为维语"京都"之义，"哈拉和卓"则是传说中怒斩恶龙为民除害的维吾尔古国勇士的名字。这两处现在已分别成为当地两个相邻村庄的名字。

还有一处景点是柏孜克里克的千佛洞，是佛教石窟寺有名的遗址之一，听说是吐鲁番现存的石窟中洞窟最多、壁画内容最丰富的石窟群。不过，我倒不太想再坐车折返回柏孜克里克千佛洞了，于是就自己一个

吐鲁番·火焰山

高昌故城

人租了一辆自行车去郊外的景点以及伊斯兰寺院转了一圈。

其实吐鲁番市里很值得一看。伊斯兰风情非常浓厚，比如具有中世遗风的露天市场、营业到凌晨两点的商业街。非常适合像我这样的穷游者去逛一逛。

要是盛夏时节，吐鲁番肯定会更漂亮。城市所有街道都会有铺天盖地的葡萄架，葡萄成熟时，整个城市万人空巷，大家都聚在一起过葡萄节[1]。遗憾的是，现在是十月中下旬了，不用说成串的葡萄，就连葡萄藤都被清理掉了。不过，葡萄干还是随处可见的。

露天市场里的葡萄干，成堆成堆的。摊贩们拿着小铲把黄绿色的葡萄干分装入袋，街上的人们也都装着满兜的葡萄干，边走边吃。有些货车司机和路人经常将他们的葡萄干分享给我。

吐鲁番市街·堆放的葡萄干

---

[1] 吐鲁番葡萄节，也称中国丝绸之路吐鲁番葡萄节，是为纪念丝绸之路开通 2100 年而举办的。

>> 亚心之都（行约 2693 公里）

早上 8 点半，东京早就进入上班高峰时间，而这里，太阳还没有升起。

我遇见了一个丁字路口，左边是通往喀什的天山南路，沿着此路越过平均海拔 5500 米的喀喇昆仑山脉，就可以到达巴基斯坦；越过海拔 3795 米的图噜噶尔特山口，即可到达吉尔吉斯斯坦；向右拐的话越过天山山脉，可到达乌鲁木齐。再沿着天山北路向前行进的话，就可以到达哈萨克斯坦共和国。而我选择一路北上，这样路途较短。

沿着源于天山深处的河流走了两三公里，脚下戈壁滩变成了枯草地，可见悠然吃草的牛羊。河水丰沛，奔流倾泻入石壁峭立的大峡谷。

翻越天山的路程从这里开始了。天山南路在此回归，车流量也多了起来，其中大部分都是大卡车。山路蜿蜒曲折，视线受阻。为避免被前后来车撞到，我小心翼翼地靠近路边的山壁快步前行。夕阳西下，天空燃烧着一片火红的晚霞，山谷中已是幽暗昏黑。每个拐弯处，我都期待前面能出现灯火人家，可每次却只能看到黑黝黝的山坡和峡谷中的白亮亮的河水。

今天，是从吐鲁番出发的第六天。

我来到乌鲁木齐，站在高处俯瞰，眼前豁然开朗。

据当地人说："'乌鲁木齐'的意思是'优美的牧场'，我们一般就直接简称'乌市'或'迪化'。"

正午阳光沐浴下的乌鲁木齐，宏大壮观，令人叹为观止。续签要在几天后到期，于是我径直走向位于市中心的乌鲁木齐公安局。

公安局办事员拿起我的签证看了一眼，然后用非常讶异的目光上下端详我那脏兮兮的脸，接着又低头"研究"起我的签证。突然，他冷冰冰地说道："已经续签 3 次了，不能再续了。中国只能续签一次，你的怎么续签了三次呢？"

这些话就像当头一棒，让我几乎瘫倒在地上。我费尽心思，又努力了几次，但都无功而返。我脚步沉重地走在回宾馆的路上，我独自品尝着失败的滋味。

"何去何从？看来只有坐飞机到香港再办一次签证了。"

寒冷的乌鲁木齐夜空之下，我将签证申诉书撕碎后抛向空中。

天山山麓

开放之路·雪（乌鲁木齐——霍尔果斯口岸）

天山万笏耸琼瑶，导我西行伴寂寥。

我与山灵相对笑，满头晴雪共难消。

——［清］林则徐《塞外杂咏》

>> 克拉玛依的淡黑色面纱（行约 2954 公里）

如今，一个半月时间已悄然流逝。在香港办完签证后，我又去北京办了哈萨克斯坦的签证。一切准备就绪，我坐上了北京开往乌鲁木齐的特快列车。火车奔驰而过我曾经徒步走过的一些城市。初冬时节，望着窗外寒风中的戈壁滩，想着即将到达的乌鲁木齐，心中五味杂陈。

12 月 15 日，列车在暮色中停靠乌鲁木齐车站，晚点了半个小时。

乌鲁木齐已被大雪覆盖，寒气袭人。乌鲁木齐市区北部与南部的维吾尔族聚居区不同，宽阔的街道两边整齐地排列着住宅楼。为了抗击风雪，我买了一件军大衣——棉花很厚，里衬处还缝上了一块一直到袖口的羊皮。领口处是厚厚的大毛领，立起来之后可以挡风防雪。这样一件大衣穿起来确实很保暖，但也很重，像一条厚棉被。当然价格也不菲，这是我在中国买的最奢侈的旅途用品。

雪花纷纷扬扬，犹如洁白的鹅毛。大雪之中，我来到了小地窝堡。

正准备雪地露营，眼前隐隐约约地出现一点儿光亮，快步走近一看，如我所愿，那里真的是一家饭店。店主好心地把我安排到老大爷的房间休息。说是休息室，其实就是一个仓库。老大爷每晚都在这儿睡觉、值班。

"喝点儿茶吧。"

他热情地递给我一杯热茶之后，就钻进厚厚的棉被里，然后拿起枕边的收音机，开始调台。收音机的塑料外壳已经脱落，里面的线路板露了出来。老大爷斜着身子调试了很长时间，可还是只有刺耳的杂音。不一会儿，他好像是调出来一个台，很认真地听起来。不过杂音还是非常大，只能隐隐约约能听到有人说话，因为说的是汉语，我听不大懂。没多久，杂音变大了，老大爷再次欠着身子调试起来。

躺在床上，闭着眼睛听着滋滋滋的电流声，我浮想联翩：老大爷应该是每天睡前都斜靠在床上摆弄着自己那个破破的小收音机吧。这是他的自由时间，没人能打扰，独享、独乐、怡然自得，多好！

此时，收音机的杂音与老大爷的咳嗽声已不再刺耳，倒像是一段独特的合奏，让我感受着生活的味道，伴着我进入梦乡。

疾风暴雪的日子，一直持续着。温度已经零下10度了。刚走一段，我就疲惫不堪，找了一家旅馆。旅店的每个房间有一个小火炉，服务员们拿着铲子来来回回地为客人们运送木炭。不过，向炉子里添加木炭，则由每屋客人自己来完成，晚上也要起来补上一两次。

木炭真是冬天的福利。室外温度已降到零下20度左右，如果没有这黑炭，这个夜晚将会多么难熬。每一根木炭的触感与气味、火炉的温暖以及天山北路上的点点滴滴，将会永远被我铭记。

早上，吃了两个刚出锅的馒头。农村的馒头真是美味至极，虽不及城里的馒头白，可这黄黄的馒头拿在手上很有质感，软软的，口感也很好。

上午9点半，我离开旅店重新上路。太阳虽然已经升起，但是还躲在大山的背后。没有了阳光的眷顾，大山中天寒地冻，呼出的气都在胡须上结成了冰，鼻孔处垂下几条小冰挂，每走一步，它们都互相碰撞一下，叮叮作响。雾气蒙蒙之中，鹅毛般的大雪在空中飘舞，周围顿时变成了一片银色世界。

太阳爬上山顶后，气温逐渐上升，虽然雪花还在飘飘洒洒，但是雾气已经慢慢散去，天空也出现蔚蓝。阳光下的雪花晶莹剔透，像一个个披着七色彩衣的小精灵，在我身边快乐地舞动。要到克拉玛依油田了，天空变得不那纯净，仿佛被蒙上了一层淡黑色面纱。

"克拉玛依"系维吾语"黑油"的译音，得名于克拉玛依油田发现地，现为克拉玛依市区东角一座天然沥青丘——黑油山。

路上突然出现一处检查站，一位公安人员在值班。

"你背的是什么？"最近经常被问到这个问题，他们担心我是游商。

"是旅行中要用的东西。"

"把你身份证给我看一下。"

"请稍等，我这就给您拿。"

我正要放下背包找签证时，那位公安竟轻描淡写地来了句"你可以离开了"，也许是判定我不是什么危险分子。

大雪纷飞

>> 赛里木湖的除夕（行约 3344 公里）

年末已至。在日本，人们早就忙忙活活地准备过年了，可中国是过阴历年，中国人把春节定于农历正月初一，这是中国最隆重的传统佳节。在春节期间，中国的汉族和一些少数民族都要举行各种庆祝活动。这些活动均以祭祀祖神、迎禧接福、祈求丰年为主要内容，形式丰富多彩，带有浓郁的民族特色。人们在春节这一天都尽可能地回到家里和亲人团聚，表达对未来一年的热切期盼和对新一年生活的美好祝福。

这天是日本的除夕，可我却行走在路上。雪野无边，抬眼望去，到处都是白茫茫一片。顺利的话，一年之后，我即将在土耳其的伊斯坦布尔度过新年。那是一个远在 7000 公里外的国度，一个远在天边貌似却又近在眼前的世界。离开托托村，是白雪皑皑的戈壁滩，很是萧瑟荒凉。落日的余晖把茫茫雪原染成淡淡的橘红色。

第二日，正在旅店食堂吃饭，几个警察走了进来。

"服务员们千万不要把我的事儿说出去啊！"

俗话说越怕事儿越来事儿。不经事的年轻服务员们，毫无防备地把我的事儿和盘托出。听到有个日本人，警察们脸色马上大变。把我的护照翻来覆去地看了好几遍，问了一些问题，最后还检查了我的行李。他们没有见过的东西，我都要演示一番。比如那个汽油炉，我要点着火，告诉他们这是用来烧开水的。还有帐篷，要搭上一遍。我像街头卖艺般在那儿比画，一切显得过于滑稽，周围人俨然都变成了看热闹的。他们拿笔把我护照上的信息认真抄了下来，然后又警告我不能随便换旅店。

躺在床上了，心烦意乱的，怎么也睡不着。"一朝被蛇咬、十年怕井绳"，以前经历过无数次这样的事情了，可我还是像惊弓之鸟，稍有声响就吓得心怦怦直跳。再有一周，我就到国境了，今天抓到，多不甘心啊……一夜无事，幸好。现在的我，要尽量避免招惹麻烦。

上午9点15分，我提前离开了旅店。走了34公里，来到五台村。这一路，不停有警车呼啸而过，还好无事。

五台位于北纬44.6°上，是我徒步之旅中纬度最北的地方。从西安开始，我的旅程一路向北。从今天开始，我就要一路南下了。虽说南下，气候却越来越恶劣。毫无预兆，狂风大作，沙粒一样的雪花随风乱舞，雪打风摧地噼里啪啦声响了一整晚。附近有一个海拔两千多米、风光秀丽的赛里木湖，中国古代人叫它"净海"，说它是"山脊上的湖"。走了32公里之后，我到了四台，并投宿于此。

第二天早上，从四台出发，依然是一路的上坡，怎么爬都看不到终点。放眼望去，前方的天空瓦蓝瓦蓝的，有一种到达仙境的错觉。回望自己走过的路，已被白云覆盖。我终于爬到坡顶，看见一个巨大的蓝色湖泊。朝霞映照下的湖面，闪耀着淡淡的玫瑰色。一道道山脊如同堤坝般把湖水围在中间，这应该就是火山湖[1]吧。有一处尤为低矮，像是被硬生生地剜出一个豁口，给人一种湖水马上要由此倾泻而下的视觉冲击。

---

[1] 火山喷发后，喷火口内，因大量浮石被喷出来和挥发性物质的散失，引起颈部塌陷形成漏斗状洼地，即火山口。后来，由于降雨、积雪融化或者地下水使火山口逐渐储存大量的水，从而形成火山湖。包括火山口湖、火山原湖和熔岩堰塞湖。

我已翻越了天山山脉的支脉婆罗科努山，来到了霍城县内。这是一段很陡的下坡路，路面结了冰。行驶而过的每辆车的车轮上都缠有防滑链，速度很慢。路旁既没有护栏也没有路灯，一侧就是几百米深的山谷，夜行是极其危险的。

　　风渐小，冰消雪融、细流潺潺，慢慢形成一条一两米宽的小河。到达老二台时，小河变成大河，流入伊犁河，最后汇入哈萨克斯坦的巴尔喀什湖。离国境线15公里的地方，我遇见了一个边防检查站。交警拦住所有过往车辆，对驾驶员进行身份检查。我心里有些隐忧。

　　"等一下！"

　　我担心的事情还是发生了。岗亭里有四个人，两位是警察，两位是士兵。看我背着一个大包，他们可能比较戒备，让我出示证件并说明情况。听说我是徒步旅游者，他们不那么严肃了。我给他们看了沿途拍的照片，其中一个人主动提出要和我合影留念。我们以边防站为背景拍了一张纪念照。

　　在这中国境内的最后一晚，我忽然无限留恋在中国的"幸福时光"，不想离开。

中国国境边防站

>> 开放之路（行约 3350 公里）

晴空万里，脚下生风。不到一个小时，我就走到了霍尔果斯口岸。城市入口的大门上写着"开放之路"四个大字，仿佛告诉人们这里是通往外国的边境口岸。

从地图上可以清楚地看到，中国与哈萨克斯坦的边界以蜿蜒的霍尔果斯河为界，霍尔果斯口岸因其而得名。通过霍尔果斯口岸的大门，几百米后，一道铁栅栏横在眼前，这是总里程为 4967 公里的 312 国道的终点，终于到了国境了。前方有一扇白色大门，门的另一边就是哈萨克斯坦。

守卫在栅栏边，荷枪实弹的士兵看过我的护照，为我打开了栅栏。我走进旁边的海关办事大厅，那里已经团团围坐着很多的哈萨克人和俄罗斯人，几乎每个人都怀抱着中国货。办事窗口因午休临时关闭，要等上两个小时，才能办通关手续。我果断返回霍尔果斯市内，想利用这短短的两个小时再次呼吸一下中国的空气。

霍尔果斯并不荒凉，而是中国西部地区贸易的核心区域，是一座国际化都市。大街小巷到处可见写有俄语的门匾，哈萨克人和俄罗斯人穿行其间，洋溢着异国风情。我很顺利地办完手续，接受行李、现金以及护照检查。办事员手起戳落，我长达七个月的中国之旅画上了句号。

第二章

文明从这里传承

乌兹别克斯坦　土库曼斯坦 伊朗　　土耳其　保加利亚　　罗马尼亚　匈牙利　斯洛文尼亚　意大利

西亚　　　　　欧洲

双重警戒·逃（国境霍尔果斯——阿拉木图）

哈萨克斯坦

坚定的前进着尽管也有停歇的时候，却勇往直前。

——［威尔士］乔治·赫伯特

>> 国破山河在（行约 3483 公里）

离开中国，我来到哈萨克斯坦。旅行手册上介绍道：哈萨克斯坦共和国是一个位于中亚的内陆国家，也是世界上最大的内陆国。哈萨克斯坦与苏联还有一段历史渊源。哈萨克斯坦原为苏联加盟共和国之一，在 1991 年 12 月 16 日宣布独立。与俄罗斯、中国、吉尔吉斯斯坦等国接壤，并与伊朗、阿塞拜疆隔里海相望，国土面积排名世界第九位。哈萨克的矿产资源品种和产量都非常丰富，被称为"铀库"。

过境后的道路积雪被覆盖，周围静寂无声。越过了一条小河，就到哈萨克斯坦的霍尔果斯村了。村里连个人影都没有，和中国霍尔果斯的繁荣相比，这里是超乎寻常的寂静，有些不可思议。

一个青年向我走来。维吾尔族长相，可开口说的却是俄语，让我云里雾里的。我用俄语说了好几遍"宾馆"，他好像听明白了。用手指着胸前，闭上眼睛，并用右手挂着脑袋，做出睡觉的样子。我看明白了，他在说"住我家里吧"。他家就在路边，宽敞的院子里停着一台老式自家用车，还有一头驴、三头牛和十几头羊。家中的母亲和我问了声好，在门口脱了鞋，我来到了他们家的起居室。那里铺着绒毯，还摆了一张四角饭桌。房间的整体风格和中国维吾尔族人家类似。

晚饭是维族特色的热汤面、烤馕，还有俄罗斯风格的草莓酱。饭后，他们还准备了红茶。饭钱加住宿费，一共 250 坚戈[1]，和中国的住宿费相比，这里贵了很多。从苏联独立出来后，这个国家就不再使用卢布了，开始用坚戈进行商品买卖。

顺利地完成了中国之旅，长达 3000 多公里的中亚之旅也已经启程了。整个城市被晚秋般的静寂包围。游乐园、国营百货商店还有公园……破旧的记忆，在废墟中回想。城市每个角落仿佛都留下了苏联的痕迹。

1991 年 12 月，苏维埃联邦从这个世界消失了。有人说"苏联土崩瓦解"了，也有人说"苏联解体"了，"苏联灭亡"倒是没人说。这些废墟，给我一种直观的感觉：苏联这个国家确实"灭亡"了。古往今来，无数个国家受战乱、饥荒、自然灾害等的迫害，退出了历史舞台，苏联也是其中一个。

"国破山河在"，国家虽然不复存在，但老百姓却生生不息地存活了下来。城市一角的露天市场，摊位上的人们在忙碌，熙熙攘攘的人群在穿梭。这里出售香烟、巧克力以及饼干小点心（主要产地是土耳其），当然也有汽车和农用机零部件、产自中国的衣服以及日用杂物。

这便是最真实的生活的气息。只要有人，便会有生活。任何苦难，无论是战争还是自然灾害，都不会剥夺人最基本的生活的渴望。生活的意义就在于人。随着苏联解体，哈萨克斯坦的重工业受到重创，1991 年后，全国经济开始走下坡路。国家也实行了国企民营化改革，可是到 4 年后的今天，也没有什么起色。经济窘迫，全民还走在节俭之路上。过了晚上 6 点，这里要停电 3 小时。据说是为了节约用电，不仅每家住户，就连大街小巷的路灯都要停电。停电后，家家都点上蜡烛。大家围着饭桌，

---

[1] 坚戈（中文又名探戈、腾格），哈萨克斯坦货币。

吃着烛光晚餐，别有一番风味。9点左右，"光明"的不期而至，让大家禁不住拍手欢呼。然后围坐在电视机前，电视里播放的几乎都是墨西哥制作的爱情片。

第二天，我从小镇出发了。戈壁滩中还有残雪。我沿着国道，一路南行。据说，苏联和邻国的国境100公里以内的范围都是军事警戒区，所以道路上会设很多的检查站。再加上以图拉尼亚（Tyunnjya）为中心的半径40多公里的范围之内又是治安问题比较严峻的地区，所以这一带被称作"双重警戒区域"，我在这个地方几次遇阻，被警察拘留，逃跑，再拘留，再逃亡。一旦离开这个区域的话，旅行就比较自由了。

最后一次逃亡成功。我一路小跑到车站，先躲了起来。可等了半天，也没来一辆去塔苏卡拉苏的车，没办法，只好找黑车了。

"去塔苏卡拉苏吗？"

"去，你给多少钱？"

"50坚戈。"

"1000坚戈我就拉你。这可不是大巴车啊！我只拉你一个人，那肯定贵啊！"

这不是敲诈吗。"好吧，我就给你100坚戈。"

"500。"

"200。"

"350。"

最后，我们以250坚戈成交。这不是正常的价格，可是我不想在这个危险地带和他纠缠不休了。我飞身跳进副驾驶座。汽车在路上飞奔，速度有时竟然达到了100迈，这正合我意。看着外面熟悉的景色，我知道，我已经胜利地摆脱当地警察的监视与"追捕"。

一种险处逢生的快感涌上心头。

>> 警匪大战（行约 3543 公里）

　　回到塔苏卡拉苏，我直接去了之前在旅途中认识的戈纳家。戈纳的亲戚们得知我的遭遇，好心地给我出谋划策。据他们说，这儿有一条路都可以绕过图拉尼亚。那条绵延 100 公里的路上没有村落，也没有让我"心惊肉跳"的检查站。

　　100 公里无人烟，为了节省体力，我需要一头毛驴帮我背行李。

　　我问大家："请问哪位可以卖给我一头毛驴？我可以出 100 坚戈。"最后，戈纳的弟弟决定把毛驴卖给我。

　　晚饭时间又到了。大盘大盘的美味佳肴被端上了饭桌，有当地特色面条，还有诱人的羊肉。哈萨克人的主要食物是牛羊肉、奶、面食、蔬菜等，习性和欧洲基本相同。最常喝的饮料是奶茶和马奶。哈萨克人的传统食品是羊肉、羊奶及其制品，最流行的菜肴是手抓羊肉。哈萨克语把手抓羊肉叫"别什巴尔马克"，意思是"五指"，即用手来抓着吃，这也是特色美食。据说羊是今天早上刚杀的，肉香味扑鼻而来，让我这个"饿汉"垂涎欲滴。特别是撒上一点儿咸盐之后，羊肉变得香嫩无比。我学着大家，手抓羊肉入口，连脆骨都没放过。

　　不久，有人来给我倒酒，是伏特加。这里的干杯，不是日本式的轻抿一口，而要大杯酒一口干。轮到我时，大家要我干之前一定要说点儿什么，用日语也可以。我首先对自己的贸然造访表示歉意，然后祝大家身体健康、万事如意，最后把杯中酒一饮而尽。

收音机里应景地播放着维吾尔族民歌，调子和日语歌相像，只是节奏快得多。戈纳让他的女儿给大家跳一曲。她有些羞涩，但经不住大家的起哄、催促，她来到房间中央，随着乐曲跳起了民族舞，真是是身姿曼妙、婀娜柔美。终于，我不胜酒力斜靠在桌子上。迷迷糊糊中看见大家还一直在喝酒跳舞，而音乐还在毫无休止地播放着。坐在他们之间，喝着伏特加酒，吃着民族特色美食，跳着当地民族舞蹈，我徜徉在异域文化中不能"自拔"。

早上起来，我发现院子里拴着一头毛驴。这让我兴奋异常，像发现枕头边放有圣诞礼物的小孩儿一样。

"哦，一朗君！这头毛驴是你的了。"戈纳说道。

这是一头栗色毛驴，从中部到四肢都是白色的，像是套了白色高筒袜。肚子圆滚滚的，像怀孕了，可它是一头小公驴。毛驴的耳朵本应是尖尖的、长长的，可它的双耳却被切下了一段，据说是为了方便套牵引绳。它对我很戒备，一直在侧目防着我，我一靠近，它就后退。

我兴奋地把行李挂在毛驴身上。为了不伤到它的后背，特意为它披了一块羊皮。我将行李一分为二，用绳子拴在一起，分别挂在毛驴身体的两端。戈纳又从院里一辆废弃汽车上扯下一条安全带，拴在毛驴脖子上，让我当牵引绳用。身上压了些奇奇怪怪的东西，毛驴一时难以适应。

接着，戈纳教给我一些操引毛驴的方法。

"记住，如果要是想让它走的话，你要这样喊。"

戈纳交给我的口号既像 qiu，也像 tou。不过，他这么一喊，毛驴真的慢慢地走了起来。

"想让它停住的话，你就这样喊。"

戈纳首先闭上嘴，然后用气流冲开嘴唇并让其震动。听到这种状态下所发出的声音之后，毛驴真的就停下脚步了。看来，想要操控毛驴，只要学会发这两种声音就可以了。临走前，我给了戈纳一家400坚戈。其中100坚戈是毛驴的买价，剩下300坚戈包括住宿费以及从他们那里买馕的钱。

戈纳兄弟二人送我出了镇子。

在一片小树林中走了3公里，一路上，人们都用异样的目光看着我，来到哈萨克斯坦之后，这还是第一次。当地人或毫不避讳地盯着我看，或在远处笑嘻嘻地观望着我，有些年轻人还用俄语喊着"中国人、中国人"。有可能是因为我身上穿的这件中国军大衣让他们误以为我是邻国的商人吧。我牵着毛驴像极了阿凡提。阿凡提的故事最初起源于12世纪的土耳其。由于阿凡提的笑话体现了劳动人民勤劳、乐观、豁达向上、富于智慧和正义感，因而受到许多国家人民的喜爱，传遍了小亚细亚及中东、巴尔干半岛、高加索、中亚和中国新疆。在维吾尔族人民中更是家喻户晓。

毛驴走得较慢，我要时不时地拽着它往前走。真后悔没和戈纳学一学催毛驴"快走"的口号。我恶狠狠地盯着倔强的小毛驴，它却把视线移向他方，并不搭理我。

"对了，给这小家伙起个名字吧。"我自言自语道。

我想到了"路"这个汉字。都说"行万里路"，这个名字和我的徒步行也很合拍。

"路！"我对着它叫了一声，它竟竖起耳朵反应了一下。

"路，你至少要陪我到土耳其哦！"

尽管这样，路还是一副漠然的样子，像之前那样慢腾腾地迈着四方步。

　　临近傍晚，我们来到了一条运河边。河水结了厚厚的冰，岸边是一片芦苇滩，路停下脚步，大口大口地嚼食起来。那就干脆在这儿露营吧，冰面上搭帐篷也不错。天亮后，我把头探出帐篷一看，方圆5米的芦苇都已被路吃得干干净净。也许是饱餐后发懒的缘故，路站在大雪之中一动不动。

　　我们返回到大路上。不一会儿，来到一个分岔口。他们所说的"秘密通道"就是左拐的这一条。白茫茫的荒野中，一条白色的道路向前延伸。雪地上能看到一些动物脚印，听戈纳说这一带常有野狼出没。

　　路，你看，这可是狼的脚印！你再不快走，我们两个就会被狼吃掉的。收拾完帐篷正准备打包上路，我发现路竟然不见了。它也许去其他地方吃草了，我跑到视野较好的公路上，发现路正在向东狂奔。

　　它逃了！路已经跑了500多米了，估计是要回到原来的主人身边。

　　"路……"

　　大声呼叫后，它停下，回头看了一眼，发现是我，又一溜烟地向前跑去。我赶快追了上去，路觉察后跑得更快了。我摘了帽子、脱了大衣，飞奔200米、300米，有生以来第一次这么拼命地跑，可是最后还是被路甩得远远的。

　　不一会儿，我累得气喘吁吁。我从路那健步飞奔的背影中读出了一些特别的东西——对自由的无限向往。重获自由后，路是那么地快活。我甚至觉得给它一对翅膀，它就能飞向蓝天。其实它们又何尝不像人类一样渴望自由呢。路那健美欢快的跑姿非常好地诠释了"自由奔跑"这四个字。

　　我觉得自己在做一件极其不光彩的事情，我马上停下了脚步。这1000米冲刺已耗尽了我浑身的力气。

我的毛驴·路

好吧，就让它去吧，去它想去的地方。希望它能安全到达，不要被路上疾驰的汽车撞到。一场"警匪"追逃大戏貌似就此落幕，然而好戏才刚刚开始。

我停下了脚步，路也不跑了。还时不时吃几口路边的枯草。路慢悠悠地迈着方步，让我心有不甘。于是，我发起了第二次冲刺。

我跑，路也跑。我停，它也停。

这次，我改变了策略，不再奔跑，而是加大步幅。路回头看时，我就停下待在原地不动。这一招还真管用，慢慢地，我们之间的距离由原来的1000米变成500米，然后缩成了200米，最后，只剩下10米了。拴在路身上的缰绳总长大约3米，这就意味着我们之间的实际距离是7米。我正准备奋力"一击"，路受惊了，飞似地蹿了出去。

功亏一篑，我和路之间又被拉开了500米，看来得从头开始。

30分钟后，我将距离缩短到10米。为了不再惊到它，我横移到道路另一侧，让自己进入它的视野，使习惯与我相随。这种新战略真的起作用了，我已经和它并列了，慢慢缩短与它的横向距离。5分钟后，我们之间的距离变成50厘米，只要一伸手，就可以抓到地上的缰绳。这时，路已经完全忽视我了，深吸一口气，我出手了。

大功告成！

握着缰绳，我平躺在雪地上。为了抓到路，我几乎精疲力竭。舒舒服服地卧在软软的白色"地毯"上，望着湛蓝的天空，我一时忘了自己还要赶路。视野中出现了路的"帅脸"，不知何时，它已面朝西方而立，仿佛在说："游戏到此为止，我们赶快上路吧！"

长达三天的无人区之旅，在Tiriku镇结束。我已经安全通过国境警戒区域，前方是一条自由的康庄大道。我所投宿过的人家给我写了个地址，说第二天可以住他亲戚家。我拿着纸条，一路打听。突然听到有人敲打玻璃窗，回头一看，一帮孩子在一辆废弃汽车里玩闹，还一个劲儿地向我招手。

"他来啦！"其中一个小孩儿大声喊道。

一个男人应声走了出来，他微笑着和我握手。在我来之前，他接到了电话，所以早早就做好了准备。我享受到了贵宾般的待遇，吃了维族特色面，喝了饭后茶。我把在北京拍的相片拿给他们看，街道两旁高楼林立，街道上车水马龙。对于邻国中国的发展之快，他们有些讶异。

随后，男主人卡布鲁拿出他们家的相册给我看。有一些是苏联解体前的黑白照片。卡布鲁两年兵营生活的照片引起了我的兴趣。据他说，退伍时，部队会把他们在兵营中生活、训练的照片发给他们。我看到了他退伍时的合照、持枪照、好友照，还有弹吉他的照片。相册最后还写有战友们的临别寄语。相册中的每一张照片，都是难以忘怀的回忆，都是他们精彩生活的投影。

"夫物之不齐，物之情也。"物品千差万别，这是客观情形，自然规律。不同的地区有不同的生活方式，不会因为谁的到来或离开而改变分毫。我只是他们生活的匆匆过客罢了。

已是初春二月，冬日暖阳之下，雪融冰消，浅草萌发。

外环路上人来人往。穿行于人流中，我和路回头率颇高。

傍晚时分，我们终于跋涉到首都的西侧。这里是俄罗斯人聚居区，我面前有一座俄罗斯教堂。虚掩门缝透出的烛光让寒风中的我觉得很是温暖，不由地探身一看。教堂里，一位穿着华丽圣袍的牧师正领着十几个教徒祷告。我潜心地跟着他们祷告了一会儿，便离开了。

吉尔吉斯斯坦

陌路相逢 · 离（阿拉木图——江布尔）

幸运并非没有恐惧和烦恼，厄运也决非没有安慰和希望。

——[英国] 弗朗西斯 · 培根

>> 苏联解体余波（行约 3918 公里）

从阿拉木图出发，我迎来了今年的第一场雨。昨天的倦意还未完全消解，我浑身无力，爬个小坡都相当费劲儿。路倒是很愿意爬坡。以前它总是慢腾腾地跟在我后面，可一到上坡，它就精神抖擞地超过了我。大多数时候，路还是比较"顽皮"的，行走期间，我要是不催促它，它就会一直慢下去。下午，大雾弥漫，能见度不足 30 米。我遇见了一个长相极其恐怖的俄罗斯青年。

"你这毛驴是从哪儿偷来的？"年轻人突然开口质问我。这问题我以前也被问过，不过一般都是半开玩笑式的。可这次却不同。

"这是六个月之前我丢的毛驴，赶快还给我。" 年轻人咄咄逼人地说道。与此同时，几个人凑了过来，把我团团围住。

"这些人都可以证明，这是我家的毛驴。"

"是吗，那就叫警察过来吧。"我也不甘示弱。

"行啊，反正我有这么多证人呢。"年轻人一副"我是无赖，我怕谁"的架势。尽管势单力薄，但我一点儿都没有退缩。看到我不吃这一套，他们突然给我让出了一条路。今天晚上我可是要在野外露营，那帮家伙们不会跟来吧。来就来吧，反正是福不是祸，是祸躲不过。右边是一条宽阔的河流，左边则绵延着 10 米高的小山丘。确认那帮人没再跟过来，我拉着路爬过山丘，来到枯草覆盖的洼地。帐篷搭好了，我烧了热水，泡好了红茶。渐渐平静了下来。

早上起来，我的疲劳感有增无减，没法，只能继续前行。山路尽头出现了一个烤肉串的摊点，一位白发苍苍的老大娘和一个年轻的男子正在烤炉边忙活生意。后面就是一个农家院，估计是他们二人的家。我买了两个肉串后，老大娘邀请我去屋里喝点儿茶。厨房里的火炉烧得红彤彤的，很是暖和。我支支吾吾地提出要在这儿留宿一晚，老大娘默默地点点头。

老大娘告诉我，她们是车臣族人。这么一说，我才发现她们蓝蓝的眼珠和微绿的金发，与一般俄罗斯人有别。车臣共和国，是俄罗斯联邦北高加索联邦管区下辖的一个共和国，地处于北高加索山区，东连达吉斯坦共和国。伊奇克里亚车臣共和国和俄罗斯军队进行了多次冲突，最终车臣非法武装全军覆没。但小规模冲突时有发生。

想起之前遇见的俄罗斯人，有很多都对我或抱有敌意，或怀有憎恶。这让我有些不可思议。19 世纪后半期，俄罗斯击败英国，顺利征服盘踞在中亚的希瓦、布哈拉、浩罕等三汗国。苏联还没解体，中亚虽名义上是联邦制国家的一部分，实际上是允许自治的殖民地。俄语和基里尔文字是官方语言和文字，中亚各民族的语言文字只能用于内部交流，而曾经通用的阿拉伯文字现在已经不见踪迹。语言上的优越性往往称为民族优越性。当使用某种官方语言的人成为少数派，结果就是多数服从少数了。迁居到中亚的俄罗斯人现在多数都居住在城市，他们在这里很受优待，有一种高于俄罗斯本地人的心理优越感。

可苏联解体后，这种局势其实已经土崩瓦解。中亚各国陆续独立，原来的哈萨克共和国更名为哈萨克斯坦（哈萨克族地区）共和国，官方语言变成了俄罗斯语和哈萨克语两种，大街小巷的广告牌、标识牌等也是双语并用。哈萨克语的广播电视开始播放、哈萨克语教育也开始起步。民族教育兴起之后，城市广场的列宁以及斯大林铜像都被换成了中世纪英雄铜像。当然，其他的中亚国家也进行了一定的革新和调整。

俄罗斯人对于这些举措都不太了解吧。他们看不太懂标牌上的新语言，也听不懂电视机里面在说些什么，更不知道广场上被换成的新铜像姓甚名谁。虽然俄语还是官方语言，但是可以说是已名存实亡了。不可否定，俄罗斯人已不再是这个地区的主角。

现在，很多生活在中亚地区的俄罗斯人，都想回归故里。而想要和家人继续生活在这个地区，他们就要扭转观念，适应不同的语言环境，思考如何才能与当地人和谐相处、共生共存。如果无法做到，他们就不得不离开这片土地。他们并不是想离开，就能离开的。年老体衰，还要卖掉老房子、辞掉工作，回到自己并不熟悉的"故乡"，有几个人有如此魄力呢？他们的处境可想而知。

已经是二月末，积雪化得差不多了。帕米尔地区的群山阴云缭绕，天空也是阴沉沉的。傍晚时分，路突然冲我嘶叫起来。毛驴的叫声就像走调的小提琴声，虽然有些吵闹，但是比较悲情。它像是要倾诉什么。

不如解开束缚它的缰绳吧……我的脑袋里突然冒出这样的想法。怎样让它离开呢。我还没有考虑好。之前有不少人问过我卖不卖这头毛驴，如果有人愿意买，那最好不过了，或者送给借宿的某个人家。让它自己跑掉也行，我还真的想看看它再次逃跑的样子。不过，现在和那时情况不一样了，周围人家很多，路上车流量也很大，放它走，被路上的车轧到了，那可糟了。

现在用不着路了，就扔掉它，这种做法未免太卑劣了。还是送给一户好人家吧。半夜里，路咯吱咯吱嚼食干草的声音把我从睡梦中叫醒。

"小家伙，吃的挺香啊！"

不知为什么，听到这个声音，我的心也变得特别踏实。一路与我同行的好伙伴，我会为你找到一个好人家的。来到 M39 号线，每隔几公里就能看到村落。我逢人便问："买毛驴吗？"可一直没人搭理我。有人告诉我前方有一个很大的露天市场。我立刻奔向了那里。将到时，一个农夫看我要卖毛驴，停下脚步来，仔细观察路的四肢，然后抬起头问我卖多少钱。

"300 索姆（3000 日元），便宜吧。"

"我出 150 索姆，你卖不？"150 索姆，这不是抢劫吗，我怎么可能卖。

"那我还是去市场问问吧。你这个价格我不能卖。"

"200 索姆，卖不？"

"少于 250 的话，我绝对不卖。"

老头想了一会儿，同意出 250 索姆买下路。这可比市价低多了。交钱前，老头提出要让路拉车走一走，他先把一个木制的轭套在路的脖子上，然后把车辕挂在上面。这期间，路一直用哀怨的眼神看着我。

"不要用这种眼神看我，你以后就可以过舒服日子了。"

试驾后，老头觉得很满意。"嗯，这头毛驴不错，我买了。"他很爽快地把钱递给了我。一手交钱，一手交货，以后，路就不属于我了。

"再见了！我的好伙伴。"

为什么是这种结局？路逃跑的那一天，我就知道，迟早我们要分开。我没有单纯地把路当作是运载工具，而是把它当作一个有人格的小毛驴。它可能没有思考能力，可它的模样，就像一个忧郁的哲学家。它的叫声虽然不那么动听，却像在倾诉什么。它时时与我"作对"，却是我同行的最好伙伴。

流浪的自由之民·牧（江布尔——塔什干）

重回哈萨克斯坦

享受甜蜜的味道是虔诚的一个标志。

——《古兰经》

>> 旅者驿站（行约 4211 公里）

几天后，我又从吉尔吉斯斯坦进入哈萨克斯坦。

周围再也不是田园，取而代之的是草原式山丘与高山草地。左边是吉尔吉斯山脉，属天山山系。最高峰西阿拉梅金峰，约 3000 多米，白雪皑皑。原来去年九月在星星峡看到的山脉，便是天山的东端，从那时开始，这道绵延 2000 多公里的山脉就没有从我的眼前消失过。

走了一段，天空开始飘起小雪。紧接着，北风呼呼刮过，雪花飘飘洒洒。越过塔拉斯河的几条支流，马上就到江布尔了。江布尔是塔拉斯河所在的江布尔州州府。规模仅次于比什凯克。

进入市区，鹅毛大雪飘起。一位披着披风的老婆婆步履蹒跚地在我前面行走着。我超过她后，她突然用俄语特别客气地对我说道："能把您的拐杖卖给我吗？"

这是我用来击打路面的拐杖。但想起这一路上，我得到无数人热情的帮助，却没有真正帮助过谁。于是乎，我把手杖送给了这位老婆婆。

路上，我向一个俄罗斯女孩询问哪里有宾馆。

"啊，对了，我告诉你一个好地方，是我朋友开的店，不收住宿费和餐费，名字叫'The Station of tourist'那里住有很多像您这样的徒步旅行者，他们肯定很欢迎您。"

我有些纳闷儿，竟有这样的好地方。"走吧，我出去帮你打辆车。"她拦下一辆出租车，告诉司机目的地。"旅者驿站"藏身于住宅区内，女孩的朋友，即"驿站"的负责人，早就在门外等候着我了。他名字叫达涅尔鲁，40多岁，哈萨克族人，身体很壮实。"驿站"看起来像福利院，有开阔的庭院。走廊里有几个孩子在编登山用的绳子。达涅尔鲁把我领到办公室，我们闲聊了一会儿。据他介绍，这里不是为背包客提供住处的便宜旅馆，而是一个户外运动学校或是少儿户外训练营。

"为什么这里不叫'登山家驿站'呢？"

"这里不仅教登山技巧，还教山中远足、野营，自行车骑行游等户外技巧。叫作'旅者驿站'可能更为合适。"

早上起来，我去市里的中央卖场去兑换了坚戈买东西。找到外币兑换所，我试探着将美元纸币递向窗口。为了避免收到假币，工作人员先用手弹了几下，然后又放到阳光下面仔细地看了一会儿。

我所拿出的美元纸币不是假币。可是在中央地区美元却总是拒绝被兑换。20世纪90年代之前的美元无法进行正常交易，80年代之前的又被嫌弃，70年前的就更惨了，根本没人要。讨厌美元旧币的风气很快就传遍了中亚。导致美元在中亚地区却无法流通。幸运的是，工作人员没有拒绝我递过去的美元。工作人员确认后，把相应金额的坚戈递给了我。卖场内热闹非凡，就像迷宫一样。这里有热狗、土耳其烤肉、产自美国的香烟、产自东欧的啤酒以及土耳其的糕点。

《古兰经》里有句著名的经文："享受甜蜜的味道是虔诚的一个标志"，于是虔诚的伊斯兰教徒把甜食视为日常生活中必不可少的食物。土耳其甜食虽看起来令人垂涎，但重油重糖，尝一小口便感觉甜得发腻。

黄昏时分，逛累了，我回到了"旅者驿站"。

>> 流浪的自由之民（行约 4483 公里）

走在路上，很多人都很好心，想要搭我一程。有马车上的一家人，也有收工归家的公车司机。看见我这个外乡人，买东西的人都聚集了过来。

一个男人，拿着帽子，行走在众人中募钱。行人无不放入一些纸币或硬币。那个人绕了一圈，又来到我的面前，向我伸出他的帽子。我从后裤兜拿出了钱包。看到我拿钱给他，他冲着我直摇头。一把抓起帽子里的纸币和硬币塞到我的手里。

"这是什么情况？"

这是为我捐款吗？之前，受到很多善待和礼遇，但从没有见过种。我打心眼儿里感谢这位好心人，可是这些钱我不能收，我也没有资格接受这些捐款。

可他坚持给我，毫不退让。我只好鞠躬向每一个人致谢，并一一握手。事情非但没完，反而变得有些棘手。市场里的商贩们也参与进来，一个一个都过来往我手里塞钱。对于大家的善举，我既困惑又感动，到每一个摊位前一一致谢。这一天早上，露天市场的人们一起为我送行。他们的嘱咐和善良，让我觉得自己是最幸福的旅者。

云幕低垂，似乎要变天。逆风中，爬着上坡路，越过山岭，雾气变淡。雾气变成小雨从天空飘洒下来。雨渐大。

顺着起起伏伏的路，我向西南方向进发，到达奇姆肯特。

奇姆肯特是哈萨克斯坦南部城市，南哈萨克斯坦州首府。位于乌加姆山脉山麓，塔什干北部。邻近乌兹别克斯坦边界，是中亚古城之一。走过经济发达的奇姆肯特，我走到天山山脉的最西端。海拔4000多米的雪山慢慢地退到了我的身后。与此同时，草原的绿浪一波又一波地向远方的天际推送而去。

之前历时两个月走过的茫茫雪原现在都披上如同天鹅绒般的绿装，别具一番哈萨克斯坦风情。对于哈萨克人这个游牧民族，过去的两个月是猫冬的季节，而现在，他们迎来了放牧的好时光。"哈萨克"的词源不就是"流浪的自由之民"吗？

突然，我想起陪伴过我的小毛驴——路。满眼的新绿让我数次想起它，不知它是否安好。我们曾经同甘共苦过，而进入舒服惬意的春季，我们却天各一方了。

前方就是高大的国门了，来来往往的行人和车辆变多了。穿过人群长龙，我来到哈萨克斯坦海关。

"你是走着过来的？太有毅力了！"

几个警察对我这次徒步交口称赞。离开哈萨克斯坦时，有一种回忆留在心中，不虚此国之行。走过海关大门，我发现哈萨克斯坦一侧的碑文用的是基里尔文字，而乌兹别克斯坦那侧的却是罗马字。

这么壮丽雄伟的大门应该是乌兹别克斯坦建造的吧。据说试图架构自己在中亚的盟主地位。从上世纪开始，为了摘掉俄罗斯殖民地的帽子，乌兹别克斯坦一直以彻底的"乌兹别克化"为基本方针。例如：他们出台了公务员必须说乌兹别克语的国家语言法；他们视创立帝国王朝的帖木儿为英雄；在经济上，加强与伊朗以及土耳其的联系；利用黄金、石油、天然气等地下资源吸引欧美企业投资设厂。试图改变70%的生活消费品从俄罗斯进口的现状。苏联解体之前，清真寺的建设阻力重重，当时的清真寺只有300多处。现今，已经超过了5000处。据说，清真寺的建设资金主要来自伊朗。

"乌兹别克化"之所以能有如此进展，一个重要原因就是乌兹别克斯坦的本民族人口总数要远远多于外族人口总数，乌兹别克斯坦的独立运动确实有得天独厚的优势。

从国境到首都塔什干，饭店随处可见，大多数是伊斯兰快餐店。他们一般都在店外支起烤炉，烤肉的香味飘溢开来，很是诱人。乌兹别克斯坦国道边的这些伊斯兰式快餐店都比较干净明亮。这里的经济发展确实要比哈萨克斯坦和吉尔吉斯斯坦快得多。

乌兹别克斯坦

乌兹别克风情·河（塔什干——国境查尔朱）

我们经历着生活中突然降临的一切，
毫无防备。

——[捷克]米兰·昆德拉

>> 中亚母亲河（行约 4691 公里）

　　塔什干是乌兹别克斯坦首都，塔什干州的首府，古"丝绸之路"上重要的商业枢纽。塔什干，有"太阳城"之称。外国人入住塔什干的高级宾馆，需要缴纳一笔额外的费用，为了省钱，我决定找一家便宜的旅店。塔什干是人口 200 万的大城市，如果自己去找，会很有难度，所以我决定打车，让司机帮忙找找。

　　坐上出租车，透过车窗，看到新市区的街头几乎都是巴洛克风格的建筑物。不久，一座大型的清真寺映入眼帘。而后各种各样的清真寺接连出现：有新建的、有圆房顶上长草的，还有只剩下断壁残垣的。看样子，马上就到老城区了，这里是伊斯兰中心地。出租车无法继续通行。

　　沿着土墙中间的小路向前走，我好像踏上了一条由现代通往过去的时空通道。墙高三四米，墙体由砖堆砌而成，外表抹上加入稻草的泥土。墙面与路面都是原色，只有夕阳照射的地方是红彤彤的。时而听到孩童的欢笑声，一瞬间又消失于深深的小巷中。

　　我在这里停留了 10 天，分别时，要说的话很多，可掌握的俄语有限，只是一遍又一遍地说着"谢谢！""再见！"10 天里，周围的人都认识了我。一个小孩儿非常有礼貌地说："祝你一路顺风！"

我笑着回应少年的祝福，也在心中真挚地祝愿这座城市有更好的发展。

我又上路了，塔什干郊外的道路两边是刚翻耕好的农田，绿草青青，很是养眼。

都市里难得一见的牛马徜徉在草地上。夕阳下，农户牵着家畜归家。一个身材娇小的女娃牵着一头健硕的老牛悠然地走过。看到我，小姑娘奶声奶气地用俄语向我问好。

中亚地区，无论是见到熟人还是陌生人，小孩子们都会非常礼貌地打招呼，而且一开口肯定是俄语。虽然苏联已经解体，但语言的影响不是一年两年就会消失的。

在暖暖的初春，早晚不再寒冷。那晚，我露宿于果林之中。

宽约两米的水渠水量丰沛，如棋盘一般纵横于田地之中。被称为"中亚母亲之河"的锡尔河就在附近流淌，她与阿姆河并称为"中亚两大河流"，两条河流都发源于帕米尔高原，由东向西流淌奔腾，滋润着中亚大地的棉花田，最后注入咸海。

经过一个正在施工的餐馆，店老板热情地邀请我坐下来吃午饭。我还被"灌"了三大杯伏特加。饭后，老板不仅为我一一演示做菜上菜的流程，还让我试着做些工活——刷油漆、挖洞、运土、焊接……干了一会儿"苦工"后，老板又让我支帐篷给他看。我一顿忙活，他笑吟吟地说："帐篷也支好了，今晚就住这儿吧。"

这样也好。不过，我隐隐觉得老板好像别有用心。不出所料，老板当即递给我一把铁锹，让我去平整在建的网球场地。而后，老板又让我和其他工人去参观他的牧场。

"我的公司叫作帖木儿、办事处就设在塔什干。"他自鸣得意。当然不仅是为了显摆，最终目的是让我们帮他搬锈迹斑斑的旧冰箱以及几张营业时要用的炕铺（客人可以脱鞋盘腿坐在上面用餐）。我想起大学时期打工的日子，同样的活计在异国他乡重演了。就这样，一直"工作"到了天黑。

晚饭是手抓肉饭。一口大锅放足油，等油热，先放入洋葱丝和胡萝卜丝，再放入拳头大小的羊肉，把肉炸熟，再倒入热水和一小把食盐。最后放入大米，顺时针来回搅动。等大米稍微膨胀，将食材集中到锅中间。洋葱丝和胡萝卜丝已煮烂，白米也变成了淡淡的酱色。最后将一个铝制锅盖盖在上面，蒸 20 分钟。

一大盘肉饭端了上来，香味扑鼻。一杯酒下肚，开吃了。这种饭吃法比较特殊：先用手指捏起一些饭，再用大拇指背将其一点点送入嘴中。除了食盐，没有其他调料，可那种浓香让我的味蕾一遍遍地复活。今天我既不是外国人，也不是客人，而是一位工人。和大家一起流汗，一起喝酒侃大山的这几个小时，让我忘记自己的身份——一个徒步旅行的过路人。

大桥下水流潺潺的锡尔河。河水呈墨绿色，河宽约三四米。锡尔河在塔什干附近汇入支流奇尔奇克河。河水湍急，水力资源丰富，建有很多水电站。

河对岸是一片广阔无垠的绿色平原，名为"饥饿草原"。两天后，"饥饿草原"消失在一道道绿意葱茏的山岭中。近处的山脉最高海拔 2000 多米。山脚下的城市是州府，城市主干道上有一个乌兹别克斯坦宾馆，有些年头了。离开塔什干的第八天，我结束了七晚的露营生活，投宿于此。

>> 入乡随俗（行约 4792 公里）

　　第二天，走出市区，我开始翻山。泽拉夫尚河流域在山的另一侧。那里除了撒马尔罕外，还有很多大大小小繁荣至今的绿洲。山路边流淌着清澈的河水。有几个妇女正在溪流旁洗衣服，一个老婆婆看到我说："裤子真脏，快脱下来，我帮你洗一下。"旁边几个年轻女子捂嘴偷笑起来，我尴尬地笑笑走开了。

　　路上没有行人，停有一台出租车。我走到出租车旁，敲开车窗问道："你好，去镇中心怎么走？"

　　"上车吧！"

　　"我要走着去。"

　　"上来吧，我不要你钱，离这儿很近。"

　　"我是从中国西安走过来的，要徒步走完丝绸之路，所以不能坐你车。你告诉我怎么走就行，谢谢你！"

　　"你是从中国走过来的啊！不容易啊！这些钱你拿着！"

　　他竟然拿出一沓钱要塞给我。

　　"我有钱，谢谢！"

　　"让你拿着你就拿着！我们乌兹别克人都是这么做的，你来这儿，就要入乡随俗！"他竟然因为我的拒绝而大发雷霆，冲着我一顿吼。我只好"入乡随俗"，伸出双手接过了他"恩施"给我的那些钱。

街上零星分布着几家商店，没有什么客人。大风卷起路上的沙尘和枯叶，冷冷清清。

走过茂密的树林，俯瞰山下，撒马尔罕城一览无余。清真寺圆顶如同颗颗巨大绿色珍珠点缀于其中，是名副其实的"碧都"。我向着城市的中心广场——雷基斯坦广场进发。道路两边排列着金饰店、皮草加工店、服装店以及香辛料商店等。女人们穿着色彩斑斓的乌兹别克传统服装穿梭其中，清真寺的绿色圆顶时隐时现。置身于这座曾经的世界中心，文化古都，我内心的激动难抑。

撒马尔罕在 13 世纪曾经臣服于成吉思汗[1] 的蒙古帝国。现在城市的模型是以 14 世纪帖木儿帝国为基础而发展起来的。16 世纪，帖木儿帝国灭亡。后期的乌兹别克族王朝促进了撒马尔罕的繁荣。19 世纪中叶，俄罗斯的入侵又打断了它的发展进程。时至苏联时期，工业化的发展促进了这里的重生与复兴。苏联解体后，独立的乌兹别克斯坦人民致力于实现国家富强、民族振兴的建设大业。振兴这座文明古都，这座乌兹别克斯坦民族精神的象征和历史的丰碑。

来撒马尔罕，这里的美食一定不能错过，特别是烤肉。烤羊肝是我的最爱。在羊肝上撒些粗盐再进行烤制。咬上一口，那真是外焦里嫩，满口溢香。

---

[1] 李儿只斤·铁木真（1162 年 5 月 31 日～1227 年 8 月 25 日），大蒙古帝国可汗，尊号"成吉思汗"（Genghis Khan），意为"拥有海洋四方"。世界史上杰出的政治家、军事家。1162（宋高宗绍兴三十二年，金世宗大定二年）出生在漠北草原斡难河上游地区（今蒙古国肯特省），取名铁木真。1206 年春天建立"大蒙古国"，此后多次发动对外征服战争，征服地域西达中亚、东欧的黑海海滨。

撒马尔罕·清真寺

>> 意外的"演出"（行约 4863 公里）

泽拉夫尚河，发源于帕米尔高原，其支流向西奔流而去，滋润着沿途的村镇。绵延不绝的阿特劳山脉上空升腾起积雨云，大雨将至。这个时节频繁的雨水，保证着泽拉夫尚河丰沛的水量，以及沿岸居民的生活。

撒马尔罕河与布哈拉河之间，是条繁华古道。路边的清真餐厅解决了我的一日三餐。中饭是馕和羊肉汤，晚饭再多要两串烤羊肉和一打啤酒。有时，过路的司机们会招呼我去他们桌上干两杯，经常是一副不醉不休的架势。尚清醒时，我会给他们表演空手道和剑道。几杯伏特加下肚，我往往会"放浪形骸"。不胜酒力，往往就摊醉在饭店的角落里。醒来发现，已是人去桌空。

离开撒马尔罕第三天，我来到卡塔库尔干。这座新兴城市，高楼林立。一个微胖的乌兹别克男人热情地邀请我去他家喝杯茶。他们一家人都非常好客，聚到门口来迎接我。男人简单介绍了一下他的妻子和弟弟，还有他的三个孩子。

"我们刚刚在郊外买了新房，家里的绒毯和宝石都卖了。"怪不得房间里光秃秃的。男人叹了口气，起身对我说："我们看电视去吧！"

电视就在这个客厅，他要领我去哪儿看电视呢？正迟疑，男人说："背上你的包，咱们得快点儿过去了。"还要背着包？这唱的到底是哪出戏呢？

我不明就里地跟着他来到街上。那里聚集了50多人，人群中有一架摄像机。原来不是让我"看电视"，而是"拍电视"。电视台的人说要采访我，放进晚间新闻里。我接受一个女主持人的采访。周围的观众也参与进来，问了我很多问题。采访结束，我跟着男主人回家。女主人忙着用炉子烧水。

"淋浴器坏了，你一会儿用这两桶热水擦个澡吧。"

她身材矮小，难以想象她是怎么把这两大桶水搬到炉子上的。三个小孩子很快和我亲近起来，其中一个男孩一直用崇拜的眼神看着我。

欢乐中横生出一段不和谐的小插曲——男主人提出要看看我包中的美元。我有些警戒。但看着温婉的女主人、老实巴交的弟弟以及可爱至极的孩子们，我觉得自己多想了。便从背包的里兜中拿出装贵重物品的小袋，从里面抽出一张10美元。

"哇！"男主人把美元拿在手中感叹了一番，立刻就还给我了。还是有些许担心，我特意把那个袋子挂在脖子上。

女主人特意为我做了炒饭。大家围坐在桌旁看晚间新闻节目。听着电视里自己蹩脚的俄语，看着自己不修边幅的样子，我想找个地缝钻进去。看完电视，男主人拿出一个卡带式录音机，让他们家的8岁的大女儿为我跳一段舞蹈。小女孩羞涩地站起来，随着音乐翩翩起舞。

第二天早上，男主人和他弟弟把我送出城。他们热情地和我做贴脸式告别，并认真地说：我是他们的好朋友了，他们永远不会忘记我。

一个人走在路上，不祥之感袭来。出发前，我把袋子又放回背包的里兜，当时孩子们和男主人都在场。我打开背包，发现里兜的拉锁被人打开了。我才意识到事情没有那么简单。两张 100 美元的纸币不翼而飞了。

我认定这是男主人干的。我一路飞跑，奔向车站。走在路上，我心中的怒火渐渐平息。我思考着应该如何面对这一家人。如果只有女主人在，我该如何向她开口说这件事情？她应该和这件事情没有干系，而且我也没有任何证据证明是男主人偷的。即便是男主人也在家，我也不能指着他的鼻子说他是小偷。但我还是认定应该就是他拿了我的钱。

"你怎么又回来了？一朗。忘记拿什么东西了？"

"我和你有话说，我们去那个房间说。"

虽已下定决心，可面对他时，我竟一时语塞。迟疑了一会儿，我还是挤出了一句话："我丢钱了，200 美元。昨天还在的。是你拿的吧？"他两手一摊，装出一副很无辜的样子。他的态度出奇得好。越是这样，我越觉得他可疑。

"喂，你们都进来，一朗有话和大家说。"男主人特意把他的家人都叫了过来。

"这事儿和他们无关，我就想问你自己一个人。"我把事情和大家说了一遍，女主人脸色大变，冲我吼道："你是怀疑我们偷了你的钱？"

"我没有怀疑你们，我觉得是你丈夫拿的！"

"我们家不稀罕你那点儿钱！我们有正式工作，衣食无忧！"女主人喊了一通，转身翻出一摞钱，狠狠地摔在我身上。

"你以为我们让你住让你吃就是图你的钱吗？太不可理喻了！"突然，她歇斯底里的叫喊变成了抽泣，"哇"的　声大哭起来。她拽掉项链、摘掉指环，甚至还把怀中 3 岁女儿的耳环扯下来摔给我。

"都给你！都给你！你还想要什么？你说！"小女孩疼得号哭起来。妈妈哭，孩子闹，搅得我头昏脑涨。如果他们真的是清白的，为了这 200 美元，我真是罪过。不如就此罢手吧……我瞥见女主人只是干号，脸上竟然没有一滴泪水。

"这一家人是不是在演戏？"虽然我还不能完全确定，但直觉告诉我，是他们拿的，没错的。我要使出必杀技了。

"哭也没有用，我一会儿就报警，也会联系日本大使馆。如果你们现在把钱还给我，我就不再追究了，马上离开这里。还钱还是见警察，你们自己考虑吧。"

"那你报警吧。你偷偷住在政府指定之外的地方，警察会逮捕你的。"

"只要我的 200 美元能找回来，被拘留几天也无所谓。"看我起身要出门，那个男人马上慌了神儿。

"等等！你先坐下，有话好好说。"

"没什么好说的，既然你们没偷钱，也不用害怕我去报警。我现在就去警局，你们在家等着吧。"这是我的最后一搏。如果他们现在就能把钱还给我，那我就赢了。如果我真的冤枉他们了，或者他们故意按兵不动，我也只好认了。因为即使报警，我那 200 美元也未必能找回来，联系日本大使馆更是麻烦多多。

在我的"虚张声势"下，那个男人终于低下了头。

"是这个孩子做的。"

"那好，那我们去趟警局吧。"我做出去报警的样子。却被那个男人拽了回来。

"你先坐着，我们有话好好说。"

他们一帮人走出房间，只留我一个人在那里。这帮人葫芦里卖的是什么药？会不会拿着菜刀劫持我呀？一会儿，他们进来了。

"小子，你是不是翻叔叔的包了？"

"是，不过是姐姐把拉锁打开的。"男人的儿子指着小女孩说道。

"然后呢？"

"然后姐姐从那个装钱的小袋子里偷钱了。"

"听到了吧，一朗。是我那个不争气的姑娘拿的钱。你等着，我去叫她。"

"剧本"编得相当拙劣，"演员"们的"演技"也相当差。男人将女儿从房间揪了出来。女孩儿手里攥着两张美元。他突然发疯似的殴打那个女孩儿。虽然我知道这是演给我看的，但孩子是无辜的，我过去阻止了这场闹剧。

"快和叔叔道歉！把钱还给人家！"

"算了，叔叔知道这不是你的错。"

泪水涟涟的小女孩抬起头，眼神中充满了无奈与悲伤。她还是一个不谙世事的孩子，作为父亲，怎么能这样无情地伤害自己的孩子？

"演出"结束了，离开时，女主人深深地低着头，没有说一句话。男主人警惕地把我"送"到了城外。他客气地伸出手和我告别，他的目光却毫无温度。

我无声地和他握了手。再见！说是"再见"，我是真的不想再见到他，他应该也是这样想的。

经历这些，我想起塔什干日本大使馆一位职员对我说的："不管你的旅途经验有多丰富，在中亚这个地方，总有一些人和事会是你意料之外的。"

在本国形成的价值观也许并不适用于他国。置身中亚，我不知道应该去相信什么？憎恨什么？不如淡然处之，不以物喜，不以己悲吧。

>> 一个人的朝圣（行约 5173 公里）

离开纳沃伊，周围黯淡了许多。缺少了泽拉夫尚河滋润，这一带变得干燥贫瘠。

午后时分，一位骑自行车的老大爷热情地和我打招呼。他头戴乌兹别克帽，穿着白色衬衫，古铜色的脸上布满皱纹，还留着山羊胡。本以为这是一位乌兹别克老人，谁知他竟是从靠近中国国境的安集延骑行过来的。

"您这是要去哪儿啊？"

"去麦加。"

对于伊斯兰教信徒来说，去沙特麦加做巡礼是他们毕生最大的理想。麦加是伊斯兰教先知穆罕默德的出生地。乌兹别克老人告诉我：成年穆斯林都负有朝拜麦加的义务。无论男女，所有穆斯林都会尽最大努力至少要前往麦加朝觐一次。伊斯兰历 6 年，穆罕默德亲自制定了穆斯林朝觐克尔白的全部宗教礼仪。沙特阿拉伯王国建立后，麦加被称为"宗教之都"，来此朝觐的人越来越多了，已经有 70 多个国家说着不同语言的穆斯林来到此地朝觐。他们聚集在"圣城"麦加周围，一起祈祷、吃饭、学习。

乌兹别克斯坦·麦加朝觐者

每年伊斯兰教历的第十二个月，数以百万计的穆斯林都会聚集在沙特的麦加，参加一年一度的朝觐。"麦加朝圣"是每年伊斯兰教最盛大的宗教活动。

我眼前的这位老人正是想在有生之年完成这一心愿，才踏上麦加之旅。老人的波士顿包里装有三瓶饮用水，他毫不犹豫地拽出一瓶递给我，便跨上自行车骑行而去。

从这儿到麦加还有多远？他还要穿越多少个国家？每天能吃饱睡好吗？看着他渐行渐远的瘦小身影，我不禁有几分担心。

同是长途跋涉的旅人，老大爷能把珍贵的饮用水送我一瓶。离别时，除了万般的感谢，还有深深的祝福：祝愿他身体健康！能早日顺利到达向往的圣地！

夕阳西下，夜风习习，一阵孤独感突袭而来。

曾陪我走过一程的小家伙，你现在在哪里……

上午天气比较凉快，各种小动物活跃起来。最常见的是蜥蜴，有断尾的孱弱瘦小者，也有腰身就长达20厘米的彪悍之类。这个地区不太下雨，也没有河流，偶尔能看见一个一个水洼。水洼周围茂盛地生长着芦苇和绿草，像极了日本的庭院盆景。这些水洼的出现并不是毫无规则的，而是每隔几百米或几公里，就有一处，多点连成一线，点缀在原野之间。之所以会有这些水洼，是因为泽拉夫尚河的一条支流的暗河流淌在地下。水洼越来越大，最后的大水洼就是克孜勒泰佩绿洲地区。泽拉夫尚河有很多分支，每条分支周围都形成了绿洲，最后一处是我的目的地——布哈拉。

离布哈拉市中心10公里，就能看到林立的高楼大厦。早高峰时，还能看见长长的队伍排队上公车。置身于这个现代化的都市，我忘记了它曾经是一个历史悠久的汗国。

首先，我要去一趟布哈拉宾馆的国际旅行社，去办理土库曼斯坦签证。不幸的是，这个旅行社分店没有办理签证的资格，而且国境处的海关也不能给我发放过关签证。

"那我应该怎么办呢？您能帮我想想办法吗？"我问了一下旅行社分社分店店长。

"苏联人是可以自由往来的，可您这样的外国人必须要办理签证。我试着给土库曼斯坦的国际旅行社发个传真吧，看看他们能不能帮你办。"

"太谢谢您了！"

"不过您要在我们宾馆住一晚上，因为我们只为住在这里的旅客提供这种服务。"一晚要花费80美元，不过别无他法，我只好奢侈一回。

"我已经打通电话了，那边说传真已经收到了。你等着他们的邀请函吧。"旅行社店长和我如是说。这个地区，长途电话很难打通，市内的电话也没有拨通过，很多公用电话处于故障中。第二天，传真还没到，电话仍无法接通，布哈拉政府还拒绝为我办理签证。我走投无路，只好委托店长帮我写了一封信。

信的大致内容如下：

这个日本人已经得到了贵国国际旅行社 Asibapaado 分社社长的入国邀请，但是因为邀请函暂时未到，他的乌兹别克斯坦的签证又即将到期，所以希望贵方能允许他入国。兹证明。

——布哈拉分店店长

我让旅行社帮我盖上章。不过，凭这封信，我就能顺利通关吗？我不安起来。

两个小时后，我来到乌兹别克斯坦海关。孟子曰："往者不追"，乌兹别克斯坦海关的士兵们为出关者打开了大门。可是土库曼斯坦方会"来者不拒"吗？因为尚无正式签证，我心中的紧张感一时难以抑压。海关办事人员认真地翻看着我的护照，然后问出了那句话："你的签证呢？"该来的终于来了。我深吸一口气，从怀里取出那封信，大大方方地递了过去。

"您看一下这个。"办事员接过信，仔细地看了一遍。最终还是帮我在护照上盖了章。

我故作镇定地离开，内心却欣喜若狂。眼前是一望无际的沙砾地带。风起，几粒扬沙迷入双眼。土库曼斯坦已经向我敞开了大门，可是，仅凭这一封信我就可以连续闯关吗？酷暑、沙漠……恶劣的自然条件与签证问题是我前行路上的一道道坎，但是我已经喜欢上了这种"挑战"的感觉了。

沙漠魔域·旱（国境查尔朱市——国境赛奥鲁尔库）

土库曼斯坦

As-salaamu alaikum！

愿真主赐予您平安！

>> 请小心避让骆驼（行约 5264 公里）

到阿姆河了，沙漠变成了绿地。阿姆河，不愧为中亚水量最大的内陆河，河宽竟然达到 1000 米，远远看上去，就像黄色的丝带在移动。我用了 10 多分钟，才通过阿姆河上的这座摇摇晃晃的浮桥，随后来到查尔朱市区。

这座城市最大的特点是随处可见的飘扬的国旗以及大幅的总统头像。让我有种国庆日或者总统生日的错觉，后来才知道这是城市的常态。马纳特是土库曼斯坦的流通货币，由土库曼斯坦中央银行于 1993 年 10 月 1 日开始发行，200 马纳特相当于 1 美元。除 1 马纳特外，其他面额的纸币上都印有土库曼斯坦总统的肖像。

离开这座城市，就是绵延 200 多公里的沙漠地带了。5 点，天色微明。在这样一个凉凉爽爽的清晨，我背着准备好的 3 升水、2 千克烤馕，向前进发。

下午 1 点，我已经征服了 25 公里。到傍晚时分，天气凉快起来。收拾好行李，我开始了最后 10 公里的征程。当晚，露宿于沙地之中的我，失眠了。熬了很久，终于有了微微睡意。耳边却隐隐传来了一阵脚步声。紧张与恐惧一起袭来。我听出应该有好几个人……

经过我帐篷，"他"们没有做任何停留，而是径直走了过去。感觉那些人离自己有10米远了，我才战战兢兢地拉开帐篷向外张望。结果，我看到了一匹成年骆驼和一匹骆驼幼崽。到天亮，应该有24匹骆驼从我的帐篷旁边走过。骆驼被称为"沙漠之舟"，是这个地区最常见的动物之一。我经常能看到它们悠然自得的身影。它们不怕人，有的还慢悠悠地横穿马路。正因为如此，国道上经常会发生车撞骆驼的惨剧，所以路边也时常能见到"请小心避让骆驼"的标识牌。

傍晚5点多了，我去了一家清真饭店。店家小哥听说我是徒步旅行者，不仅给我免了单，还非要让我再吃两串烤肉。突然，我发现屋外沙地上竟然爬过一只身长达五六厘米的大蜘蛛。头上挺着两根粗粗的触角，让人不寒而栗。想想这两天午睡都是直接躺在沙地上，没被这样的大家伙蜇到，真是万幸啊！

饭店的旁边是一处小型服务区。日暮时分，驶入大型客车。很多身穿白衣的老年人从车上走了下来，男性头上都缠着头巾，女性则肩披围巾，所有人的胸前都缝着吉尔吉斯斯坦的国旗。他们是麦加巡礼团。他们首先要用水把脸、脖子、手腕以及双脚冲洗一遍，然后集中到客车的前面，整齐有序地跪在那里同唱巡礼歌，并且面向麦加方向低头致礼。伊斯兰教徒每天要向着麦加的方向礼拜5次，今天晚上是这批巡礼团的第四次礼拜。

是什么样的精神引导着他们日复一日地礼拜？又是什么力量支撑着他们远赴麦加？我也想去见识一下他们心中永远的圣地——麦加。

>> 魔域宰羊（行约 5413 公里）

五月下旬的沙漠，真是一片"魔域"，置身其中，不热死也会脱层皮。不仅仅是口干舌燥，感觉身体内的水分都被晒干了。水杯中储备的饮用水已成了温水，我倒出半杯，小口小口地抿入嘴中。惜水如金，这才是我现在最真实的写照。

午睡之前，我直接躺在了地上，想着蜘蛛应该难以忍受沙地的高温。大蜘蛛确实没有出现。不过，有一种小指甲大小的红色爬虫一直过来"骚扰"我。它们长相酷似蜘蛛，和山蝉也有几分相像。虫子"嗖嗖"地爬过来，每次我都用手指将其弹开。可是，马上它们又反扑过来。也许是我身上的汗臭味让它们非常"中意"，不一会儿，我身体附近聚集了无数只这样的虫子。无数次的"交锋"之后，我败下阵来，只好卷铺盖卷走人了。

日暮时分，我支起酒精炉，点火烧水。喝着甜甜的红茶水，甚是惬意。沐浴在落日余晖之中，我抓起一小把烟粉放在舌边，细细品味。说到烟粉，它是一种像日本抹茶一样的墨绿色粉末，比较刺鼻、辣口。尽管会弄的满嘴绿沫，但从古至今人们好像都很钟情它，并将其命名为"纳斯"。在布哈拉的大市场里，买了 50 克"纳斯"。每天睡觉前，含一把。慢慢地，我发现这种烟粉竟然还有安眠的作用。当然，如果过量，反而会让人失眠。

沙漠之行第五天。地面还是沙地，灌木却都长得枝繁叶茂，有种行走在森林的错觉。

走到拜拉姆·阿里市区时，已是晚上 10 点。昨天在路上我认识了住在拜拉姆·阿里市的夏戈里艾弗夫妻。两人开车经过我时，热情地和我打招呼，邀请我到了一定要去他们家坐坐。时间不早了，可接到我的电话，夏戈里艾弗立刻跑过来接我。

在他们家里，我舒服地冲了一个热水澡，还吃到了丰盛的晚餐。今晚也不用睡在危机重重的荒郊野外了。睡在床上，盖着软软的被子，我嗅到了久违的家的味道，感知到了家的温情。整整 6 天沙漠之旅，这里才真正是我所邂逅的"绿洲"。

夏戈里艾弗在市政府上班，身高约 1 米 8，体格健硕，大学曾经是举重运动员。这个土库曼斯坦男人威猛粗犷的外表下，也不乏稳重细腻的一面。夏戈里艾弗夫人是一家服装工厂的经理，性格非常活泼开朗。两人还有一个叫巴特鲁的 22 岁的儿子，夫妻二人笑称这个儿子像猫一样，是个浪荡子，只有肚子饿的时候才回家找食儿。

中午刚过，夏戈里艾弗突然回来了，说要带我去看梅尔夫古迹。

不愧是中亚最大的古迹群，总面积达 70 平方公里。骆驼草丛生的荒地中古迹遍布，蔚为壮观。走进古迹群，仿佛巡回各个不同时代、对话于在此生息繁衍的人们。公元前 6 世纪的埃雷克卡拉古城、6 世纪的萨桑朝齐兹卡拉遗址、13 世纪蒙古统治时代的梅尔夫领主旧居等大小不一的古迹，其历史都已无从考证了。和乌兹别克斯坦精心修缮的清真庙以及神学院相比，它们都保持着历史原貌，更真实、更有内容。

夏戈里艾弗家里养了一只看家狗、一只小猫、六只羊、两头奶牛以及几只鸡。下午，家里来了一个中年男子，手上拎着一个布包。他和老奶奶说了几句，便从布包里掏出一根绳子，径直走向羊圈。观察一番，他冲向其中一只羊，麻利地将手中的绳子套在它的脖子上。那只羊也拼命地挣扎，还是摆脱不了被宰杀的命运。

　　"没看过宰羊吧，一起去看看吧。"在老奶奶的建议下，我也来到了门前看"热闹"。那只羊躺在路边的草地上，四只脚被捆得结结实实的。旁边有一个土坑，用来接羊血。

　　男人从布包里拿出三种刀，它拿起其中一把，骑在羊身上，拽着羊头，将羊脖子处的毛剃光。接下来，血腥的一幕出现了——只见他手起刀落，将刀捅进羊脖子里。可怜的羊发出了一阵短促的哀鸣声，一股股鲜血"噗噗"地喷涌而出。不一会儿，土坑就充满了鲜红的羊血。第一次置身于屠杀现场，我真是心惊肉跳。一开始，羊只是不断地抽动，突然，它猛烈地踢踏起来。越垂死挣扎，它的血流出得越多。这只羊像一根行将燃尽的蜡烛，它的生命就是那微弱的烛光。生命消亡的那一瞬虽然肉眼看不见，可是却能清楚地感知到。羊血流干时，羊头几乎已经被整个切割下来了。羊的双瞳也已没了生气，这意味着它已经完全丧命了。

　　接下来就是"卸羊"了。男人把羊腿上的绳子解开，把尖刀插入膝盖关节处，一根一根地将其斩断。又拿起一把小刀，开始剥羊皮。不一会儿，羊皮和羊头已经脱离羊身，男人手下是一大块鲜红的羊肉。大门口立着一根两米左右的木桩，一根绳子从顶端垂了下来。刚才卸好的羊的躯体被挂在这里儿进行更细致的分卸。男人将羊肚子剖开，大肠小肠以及巨大的羊胃一股脑儿地落入地上的大桶里。他又切下了三块薄薄的肉片，分别抛在前方、左边和右边。将一块硬币大小的肉片贴在木桩上。这一系列动作看起来像是某种特殊仪式。肝脏、羊心也被拿出来了，羊肚子彻底干净了。羊肉也被细分为腿肉、里脊肉、五花肉……男人将剩下的躯干分卸完毕，他的宰羊工作就结束了。这个男人并不是干宰羊这一职业的，他只是一位宰羊能手。过去游牧民族中的每个人可能都会宰羊，可到了现代社会，会这种技能的人已少之又少了。他的"薪酬"是一块羊肉。让我惊奇的是，他那洁白的衬衫上竟然没有一滴羊血，而我只是稍微搭下手，身上就溅上了几滴。

我和男人坐下喝杯茶的当口，老奶奶已经开始清洗羊的内脏了。被割下来的羊头就被摆在旁边，看着那睁开的羊眼，我的耳边仿佛又响起了它的哀嚎声，眼前出现鲜血正在飞溅的错觉。

这些幻觉究竟因何而来？一个小时前，这只羊还是一个活体。现在，它的灵魂又去向何方了呢？无论是羊，还是人，被尖刀割断喉管，都有同样的疼痛吧。那么，人又有什么权利可以随意剥夺它们的生命呢？人的生命难道真的就比其他动物的生命尊贵吗？我想不到任何答案可以让自己信服。

那一晚，我吃到夏戈里艾弗一家特意为我准备的这顿羊肉大餐。他们精心烤制出来的羊肉比之前我吃过的任何美味都要好吃上千倍。我满嘴流油，肚皮鼓鼓。

生命并没有高低贵贱之分，但人类就是这样繁衍生息的。人们对赐予我们食物的大自然心存感激，心中也会有一丝丝敬畏。

>> 绿色珍珠首饰（行约 5635 公里）

　　从拜拉姆·阿里出发，傍晚就到了马雷。马雷位于土库曼斯坦的东南部，这里只能办 10 天的短期签证。这对于还没有土库曼斯坦签证的我来说，是个坏消息。用 10 天走完 350 多公里，几乎不太可能的。不过，事已至此，只好搏一把了。我立即踏上了下一段征程。

　　四周荒无人烟。土库曼斯坦是世界上最冷清的国家，基本没什么人来旅游，所以马雷城中只有三所旅馆。傍晚时分，我在路边的沙地处支上帐篷。走在沙漠中，人们会更加了解水的珍贵。在中国时，我和周围人一样，喝的都是煮沸的开水。到了中亚，看到大家都在直接饮用井水和地下水，我也就入乡随俗了。

　　第二天，我来到了贮水池边。这个水池的直径达 1 万米，池水都是从旁边的运河引过来的。道路周围的耕地已是绿意萌萌，路边还有一条细细的灌溉渠。遥远的前方隐隐出现了一道土黄色山脉，那就是土库曼斯坦与伊朗国境处的科彼特达格山脉。终于，我眼前出现了数天未见的巨大贮水池，又可以尝到鲜美的天然水了。

　　傍晚，我跋涉到了市区。湿气笼罩之下的这座城市，还保持着 19 世纪俄罗斯风貌。这里所散发的浓郁生活气息，让候鸟般的旅人更加思念家乡与亲人。走出市区，沙漠地带透明的蒸汽在升腾，热风迎面而来，让我双眼难睁。科彼特达格山脉近在眼前。脚下的道路也沿着山脉向西面的里海方向延伸。这条路上点缀着几处源自科彼特达格山脉的绿洲地带，有"绿色珍珠首饰"的称誉。

前面就是国境警戒区了。终于，我被一个士兵领到了一个检查站里。一位军官饶有兴致地翻看我的护照，然后让我将个人信息写在小册子里。这本小册子明显是记录过往司机信息的，除了姓名栏，还有车牌号以及机动车类型等栏目。我将护照号写在了车牌号一栏，机动车类型一栏则写上"徒步"字样。

"我还是第一次看到有人写这种车型呢，呵呵。"那位军官半开玩笑地和我说道。他要打电话和阿什哈巴德一方确认我的信息。15分钟后，军官一脸严肃地说："我确认过了，你不能再往前走了，因为马上就要进入国境警戒区了。"

"我知道马上就要进警戒区了，可是为什么警戒区就不让走啊？"

"你有相机吧。"

"有，不让带，可以放我这儿。"

"那也有擅闯国境的嫌疑。"

"那过往的车辆不是也有这种嫌疑吗。"

"机动车和你的情况不同。他们如果三个小时不到阿什哈巴德，那我们就要出动直升飞机去巡查了。"

"那我就把相机和护照都放这儿，走到阿什哈巴德之后，我再坐车回来取。"

听完我的话，军官很为难，手叉着腰，站在那里琢磨。"那行吧，我可以让你走着过去，但是你一定要保证不能照相，我相信你不会有什么不良企图。"只要努力争取，事情还是会向好的方向发展的。

>> 大漠特饮（行约 5787 公里）

这一天，我走到了一个小村子。刚进村，就遇见一件奇特的事情——路边支着七八个小帐篷，是用木棍、棉布以及塑料布临时搭成的。更加让我惊奇的是每个小帐篷里面竟然都坐着一位小朋友。

原来这些小朋友是以小帐篷为据点，向过路的车辆推销一种白色液体饮料。烈日暴晒下，帐篷里一定又热又闷，可每当有车通过时，孩子们都像被注入兴奋剂一样，大呼小叫地从里面跳跃而出。看见我，一个小孩儿走过来向我推销他手中的饮料。他拧开的塑料瓶瓶盖，倒了一杯递给我。

"这是牛奶吗？"

"不是，是蒂阿露。"

看着他手中脏兮兮的杯子以及杯中奇奇怪怪的白色液体，一开始，我还有些抵抗感。可是，长时间的严重缺水让我败在了本能面前。我尝了一小口，口感还不错，类似于酸奶皮。虽然酸味有些刺鼻，但因为盐分恰到好处，却也沁人心脾。我把剩下的部分一饮而尽。村子里还有一家清真饭店，也是一位 10 岁左右的小男孩在守店。

"能卖给我些吃的东西吗？"

小朋友让我稍等，然后就跑出去了。我以为他是叫大人过来给我做饭，5分钟后，他给我一块烤馕。他要走了一根烟，并且很熟练地点上火，坐在那儿开始吞云吐雾。吸完后，又一溜烟地不知跑哪儿去了。看到我仅剩下一根烟吧，再回来的时候，小朋友握着一根烟，非要还给我。临走前，他又拿来了烤馕和桃子，非要让我带上，并坚持不收我钱。小小年纪，竟然这么懂人情世故。

傍晚时分，我走到了一个叫 Kakka（凯可卡）的绿洲地区。入夜之后，飘起了阵阵细雨。看着这丝丝细雨，我陷入了久久的沉思中。

从马雷出发的第十天，我终于走到了土库曼斯坦首都——阿什哈巴德。我拿着布哈拉旅行分社社长的亲笔信来到了大使馆。我的土库曼斯坦短期签证终于办下来了，时间是 1 个月。不过，我在这个国家的合法滞留时间只剩下几天了。我走到一个叫"弗罗里达汉堡"的快餐店。日最高气温达 40 度，能够找到这样一个凉爽舒适的环境，可以静下心来给家人朋友写写信，实在是可遇而不可求。这家快餐店以白、绿色为主调，窗明几净，桌椅都是产自意大利的高级品。从整体风格和菜品价位来看，这里和日本东京的新宿、涩谷等地区的快餐店相差无几。出入于此的顾客也几乎都是商务成功人士以及富二代们。城市中这些奢华的地方，与城市周围沙漠中的低矮砖瓦房格格不入。

城市的每个角落都能看到这个国家现任大总统萨帕尔穆拉特·阿塔耶维奇·尼亚佐夫的肖像画或全身照。某银行的外壁上就"站着"一个尼亚佐夫，他似笑非笑地"看"着银行外排队的人群。

傍晚时分，我回到了车站的临时休息处。房间里的黑白电视正在播放当日新闻。几乎每个报道里都会出现他的名字——萨帕尔穆拉特·阿塔耶维奇·尼亚佐夫。

>> 特卡族（Teke）遗址（行约 6171 公里）

　　从阿什哈巴德出发第二天，我来到古勒 (Gonur) 山丘遗址前。土库曼族大体上分为五大部。其中最勇猛彪悍且常侵袭邻国的是特卡族，古勒山丘就是他们曾经的根据地。其实，早在四千多年前，这里就曾是座要塞，并且酝酿了一个举世罕见的先进文明。但直到最近几十年，这个文明才在苏联考古学家的努力下重现天日，并成为当地的主要古代文明之一，尽管它现在仍是世界上最与世隔绝的国家之一。

　　这个异常先进却鲜为人知的文明，曾有着高超的青铜器工艺水平。据说，当时镇上的能工巧匠已能使用模具来熔铸金属，为居民打造金银饰品、礼器和武器。眼前出现的是古城的断壁残垣，遗址处有一座巨大的在建清真寺。这是我在土库曼斯坦所见到的第一座清真寺。和乌兹别克斯坦所看到的清真寺不同，正殿的屋顶要平阔一些，周围有圆顶的僧房和斋馆。正殿的前后左右各有一柱光塔。这一点和土耳其伊斯坦布尔的清真寺相似。

　　113 年前，作为最后的根据地，这里曾经发生过多次民族战争。19世纪，俄罗斯几乎用了 100 年的时间才征服了塔什干、浩罕、撒马尔罕、布哈拉、希瓦等汗国。1881 年，又成功驱逐了盘踞在古勒山丘的特卡族，从而征服了整个中亚地区。因为久攻不下，俄军就在城墙下埋上炸药，将城堡炸出一个豁口。最后，特卡族的根据地被攻陷，众多特卡族普通民众被虐杀。

遗址一隅建有一个小型博物馆。馆员对于我的到来很是兴奋，不仅免收门票，还义务为我做引导和讲解。馆内的展示品有当时的日用品、农具、武器弹药等。古勒山丘这片土地，或者说最后的那次战争，究竟在土库曼族人心中占有什么样的位置？他们会做出什么样的历史评价？不过，其中的一张油画可以让参观者直观地了解到战争的残酷性。鲜红的背景下，一位特卡族妇女背负着小婴儿，正手持来复枪做瞄准状。据说很多女性投身于那场惨烈的民族战争中。无数母子在那场战争中失去了宝贵的生命，她们的灵魂也许现在还没有安息吧。走出博物馆，阳光特别的刺眼。让我有种坐着时光机从 113 年前回归到了当下的错觉。

离开阿什哈巴德的第九天，我来到了基吉鲁·阿拉巴托（Kijiru arubatto），再走上 264 公里就是伊朗国境了。基吉鲁·阿拉巴托中亚古城的建筑物具有俄罗斯风格。墙壁与柱子装饰古朴，天井竟高达 6 米。相比于外面灿烂的阳光，屋内比较晦暗阴凉。这一带属于土耳其语系地区，当地人的性格和俄罗斯人完全不同。在俄语世界里，人们几乎都是非常客气地问路。与此相对，土耳其斯坦一带据说都是用口哨打招呼的。在农贸市场里，即便我非常客气地向他们询问水果价格，他们对我也没有好感。置身于土库曼语言横飞的市场，我就像一个异类，完全没办法融进他们的世界。

翻山越岭间，已是中午。随身携带的饮用水都喝光了。遇见的几个牧羊人，他们好心地分给我一些水。终于，我的眼前出现一个地下水涌聚而成的水池。周围留有无数骆驼以及羊群的脚印。虽然有些混浊，但是味道相当不错，本来想只是尝一口，可是禁不住美味的诱惑，当场竟然就喝了两大杯生水。

离开基吉鲁·阿拉巴托的第四天，我终于穿越了科比特达格山脉。头上的太阳还在拼命地散发着它的热量。没想到……"你！跟我走一趟。"我被巡警发现了，要去接受讯问。坐在警车里，我心里直打鼓，担心徒步之旅也许就会泡汤了。警车缓缓地停下了。下车前，我竟然被蒙上了双眼。原来，这里不是一般警局，而是一个军事基地。在两个士兵的搀扶下，我深一脚浅一脚地往前走。一会儿工夫，我们好像来到了一个比较特别的地方，地面也变成了混凝土地。又拐了几个弯，进入一个房间。终于，蒙着双眼的布条被摘下了。我眨眨眼睛，环顾四周，发现房间里还有两位军官。

情况并不像我想象得那么糟。他们的态度非常和蔼，一番交流之后，他们最终允许我完成旅行。临走前，他们还嘱咐我如果遇到困难，一定要和他们联系。不仅如此，他们竟然还送给我一些土特产、肉罐头、烤馕以及矿泉水。还很爽快地分给我一些用于油炉的汽油。返回原地时，他们没有给我蒙布条。车外一直下着雨，他们把我送到桥下才驾车离开。

很长时间没有看到雨了，天空传来轰隆隆的雷声，雨水哗啦而下。下一站，到达国境边的赛奥鲁尔库村。家家户户都分布在沙丘的北部斜面上。

路上铺了一大片骆驼草。这种植物在沙漠中随处可见，是一种细茎上长满了刺的 30 ～ 50 厘米高的低矮灌木。因为是骆驼最喜爱的食料之一，故名为骆驼草。

海关里挤满了去伊朗购物的土库曼人，等了一个小时我才办上出关手续。工作人员认真地检查我所携带的物品，检查相机胶卷的时间最长，竟然用了 个多小时。随后，通关戳终于印在了我的签证上，这可是我梦寐以求的愿望。我顺利地踏上伊朗的国土。这也宣告我中亚之旅结束了，西亚之旅即将开启。

"中亚，你好！中亚，再见！"

第三章

西安 兰州　张掖　骆驼圈子　乌鲁木齐　霍尔果斯　哈萨克斯坦　吉尔吉斯斯坦　重回哈萨克斯坦

中国　　　　　　　　　　　　　　　　　中亚

文明的十字路口

乌兹别克斯坦　　土库曼斯坦　伊朗　　土耳其　　保加利亚　　罗马尼亚　匈牙利　斯洛文尼亚　意大利

西亚　　　　　欧洲

伊朗

安心静养·疾（国境赛奥鲁尔库——国境巴扎鲁甘）

　　宗教必须解释快乐为何转瞬即逝、忧愁为何亘古恒久这个让人类既困惑又恐慌的谜题：我们需要感受一种比我们自身更强大的力量。我们敬畏死亡，渴望发现它的意义。

　　——［英国］西蒙·蒙蒂菲奥里《耶路撒冷三千年》

>> 滞留德黑兰（行约 6408 公里）

　　伊朗，一个有四五千年历史的古国。德黑兰，伊朗的首都，西亚最大的城市，"丝绸之路"的中间站，周转着这条商路上最奢侈的商品——轻薄精美的中国丝绸。由于需求量大，中亚和波斯也从中国引进了种桑养蚕术。但波斯人的桑蚕丝因水土的不同，变得比较硬，织不出中国丝绸的轻薄，所以只好被用来织地毯。意外的是，这种无奈妥协的产物竟很快得到了欧洲买主的欣赏，成为罗马人收藏的最爱。

　　这几天，我隐隐觉得自己的身体好像出现些问题——尿液颜色很深，还不停地拉肚子，头痛欲裂，全身无力。尿液变深也许是维生素药片在作怪，拉肚子可能是因为饮用水的问题，但后来才发现一切都是自欺欺人。每天都是在拼命地赶路，也从没有去看医生。

　　这是我来到伊朗后的第十二天。今天只走了 13 公里，就已经是筋疲力尽了。我也就没再勉强自己，决定在这个科尔德库伊村里休息一晚。到卫生间小解时，我被镜中的自己吓着了——黄眼睛、黄皮肤。我猜测自己可能是得了 A 型肝炎。

　　当天晚上，我就坐上了开往德黑兰的长途车。我要去看病了。

　　德黑兰位于海拔 5000 多米的不毛之山——厄尔布尔士山脉南麓，

119

整体呈南高北低的特征。城区一点点向地势较高的南边延展，很多新建的住宅区拔地抬起。日本大使馆就位于厄尔布尔士山脚下。我来大使馆有两个目的，一是来取从日本邮来的包裹，二则是通过使馆联系医院治病。

"大村先生，您最近和父母联系了吗？"一位办事人员突然问。

我已经半年没和爸妈通电话了，爸妈因为特别担心我，已经给这里打过无数次电话了。

办事员把邮件交给我，还非常严厉地批评了我一顿，让我以后一定和父母保持联系，不要让老人们担心。之后给我介绍了一家医院。

刚出大使馆，一个说着流利日语的伊朗人过来和我搭话。他叫侯赛因，曾经在日本工作过很多年。听说我要去医院，他主动提出要开车送我去。到了医院，工作人员告诉我预约已经排到了两周之后，暂时无法为我诊治。没办法，我和侯赛因只好赶往公立霍梅尼医院。接受血液及尿液检查后，不出我所料，我果真是患上了 A 型肝炎。我提出要住院治疗的时候，医生摇摇头说道："A 型肝炎是病菌性感染，暂时还没有特效药，静养一周时间之后应该能自愈。所以你先找个旅店好好休息一下吧。"

对于病快快的我，选择旅店，意味着无人照看。侯赛因非常同情我，还特意去找医院高层去说情，结果仍是无功而返。凌晨两点，我发着烧和侯赛因又奔向另外一家医院。他们以没有收治传染病病人的资质而拒绝了我。这么麻烦侯赛因，我非常过意不去。凌晨 3 点左右，我们又来到了市区南部的一家综合医院。那里医生问了一下我的症状以及之前的生活环境。很肯定地告诉我，病因应该是在土库曼斯坦时喝了不卫生的水。虽然我在日本和中国敦煌都接种了疫苗，但是效用已经过期，所以患上了这种病。这次很幸运，我终于能住院静养了。凌晨 5 点，我被护士推到病房。在床上打着点滴就睡着了。

住院第九天，护士将点滴从我胳膊上拔走。我终于可以出院了。

住院期间，大使馆的工作人员来看望过我，临走前我打算去一趟日本大使馆。怀着复杂的心情，我走进了大使馆的接待室。办事人员一见到我，就劝我暂时中止徒步游，即刻回国。

"这种病最好是静养，你不能再固执己见了。一旦复发，你想坐飞机回国都回不去了，一个传染病人是不可能上飞机的。另外，再发病的话，还有可能传染给其他外国人。所以……"

"我打算在这儿休息一个月，先不回国了。一个月后，看复查结果再决定是否继续旅行。"我的坚决让他们放弃了劝说。

当天晚上，我给父母打了电话。最初是父亲接的，尽管他希望我能立刻回国，但还是同意我暂时待在德黑兰。和母亲通话时，她说肝病不是小事儿，极力劝说我回国休养。和言细语无效之后，她突然高声训斥道："你难道不知道你已经给我们带来了很多困扰吗？"

我沉默下来，无言以对。我的外祖母就是因为肝病早早离开人世的。我明白母亲发怒是因为害怕我和外祖母一样患上重症。不过，为了多活几年，我就放弃自己"小小"的梦想吗？没有梦想，人还能快乐地生活吗？珍惜现在，活在当下才是最重要的。

我最后还是留下来了。德黑兰中心地的伊玛目霍梅尼广场有一个巨型转盘，那里也是公交车总站，旁边还有国际邮局。刚到，我就碰见了一个日本年轻背包客。在年轻人的指引下，我顺着广场东边的街道寻找旅店。我选择了一家名叫"里海"的小店住下。日子就这样一天一天的过去了。

九月初的一天，我去了久违的日本大使馆。职员跟我说："前两天，我们接到了您父亲的电话，说最近土耳其东部局势紧张。我们这儿正好有一位观察员刚刚从那边回来，让他和你聊聊吧。"

据他讲：现在土耳其东南部以及伊拉克的边境正处于战前状态，土耳其的伊斯坦布尔、安卡拉以及东部的某些城市，恐怖事件以及外国人被绑架事件频频发生。在这些地方徒步旅行就是羊入虎口。

"到土耳其东部，你一定不要步行了，坐汽车过去也行。"

我道了谢，便离开了那里。如果时局真的像他们说的那么险恶，我还要一意孤行吗？我想起在越南失踪的战地记者濑泰造，还有孤身挑战撒哈拉最终长眠那里的上温汤隆，他们为了实现自己的人生理想，冒险前行。为了到达罗马，不惜牺牲自己的性命，这样真的好吗？丝绸之路有那么大的魅力，能让我舍命前行吗？答案不说自明。追求理想固然重要，但是生命却更加可贵。我不能放弃追求梦想，更不能鲁莽行事。出发前，我有必要收集一些前方信息。

进入九月之后，我所在的旅馆陆陆续续地来了很多日本人。其中很多人是从印度和巴基斯坦来的，去往土耳其、欧洲。和他们交流过程中，我听说了很多有关印度以及巴基斯坦的信息——那里的牛儿自由散步在城市的街道、那里有死缠滥打的乞丐、印度大麻、瑜伽、宗教……

不知不觉之间，我开始期待更多国家的旅客能入住这个小店，那样我就能听到更多的故事了。当然，我更希望能从他们手中见到自己喜欢的日语书籍。我曾经与很多旅行者交换过书籍，在德黑兰的日子里，就是这些书陪我度过了漫漫长夜。

九月过去了一半，月底就到暂留期限了。我了解到，在邻国印度也是很好办理签证的。既可以去这个神秘的国度旅游，又可以办理续签，何乐而不为呢？九月末，在伊朗境内办理的七天短期签证下来了。我打算先利用这一周的时间到伊朗内陆转一转，然后再去巴基斯坦和印度。

10月4日，我将行李寄存，拎着小包，只身奔向火车站。

>> 神创的宗教（行约 7066 公里）

长达两个月的印度、巴基斯坦旅行结束了。12 月 4 日，我从印度孟买起飞，返回了德黑兰。那时候土耳其东部的局势有所缓和，既没有发生绑架外国人事件，也没有发生激烈的战争。土耳其东部局势比较平静。

12 月 7 日，坐着侯赛因朋友的卡车，我们翻越飘着零星小雪的厄尔布尔士山岭，山岭的一侧是栎树林，另一侧因湿润的空气无法到达，而形成沙漠。侯赛因朋友告诉我：传说挪亚方舟在上帝耶和华制造的那场大洪水后就搁浅在这里。美国的考古专家曾来过这里，发现了一些船只的遗骸，他们认为，这些就是"挪亚方舟"的残骸。

顺着烟雨蒙蒙的里海沿岸前行，我终于回到了之前的中止点——科尔德库伊村。我的徒步行之旅重新开启了。之前的经历就像一场梦，梦醒后，我又回到了起点。大约走了 10 公里后，我全身就开始酸痛。毕竟旅行已经中止了四个月。

下午 4 点半，天变暗了。四周黑漆漆一片，我在一片橘子园里支起了帐篷。坐在昏暗潮湿的狭小空间，听着外面的雨声，我陷入了回忆……

城郊路边排满了橘子专卖店。和日本一样，橘子也是伊朗的冬季风物，十几种的橘子粉墨登场。一路上遇见的人，总会塞给我五六个橘子。每家店铺前都有一口大锅，咕嘟咕嘟煮炖着，靠近一看，原来里面炖的是甜菜。寒冷夜空下，一口热气腾腾的大锅，也是伊朗冬天街头的一景。

我遇见的几乎所有路人都会邀请我去家里做客。随着和这个国家的交往不断加深，我的心灵好像受到了洗礼。人生，会随着岁月的变迁而丰富起来。感谢我所遇见的每一个人，感谢生活。

走下公路，穿过松林，我第一次来到海边。海水很是清冽，掬一捧水，舔了一下，我才知道，这里的海水并不苦涩，几乎都是淡水。也许是源于厄尔布尔士的多条支流汇聚于此的缘故吧。松林、沙滩和奔涌而来的海浪，眼前的一切让我想起了我故乡清水的三保松林。踩着幽静秀丽滨海路上的枫叶，我一路前行。森林、水田、茶田、果树园，眼前的景色一点点地发生着变化。经过的司机们仍然热情地呼唤着我上车，婉言拒绝后依然是"不容分说"地塞给我几个橘子，一路上，景美、人更美。

走过班德鲁·安扎力（Banndaru e annzari），我开始顺着里海西岸北上。和南岸不同，国道边覆盖着密密的针叶林。天气渐冷，我已经穿上了毛衣和棉大衣。

走到塔拉西苏（Tare sysu），我发现了一家三明治店。有两个人过来用英语和我打招呼。一个叫哈米德，另一个叫穆罕默德，都是26岁。哈米德是经营木材的，他邀请我去家里喝茶休息。

哈米德之前遇见过很多环游世界的旅行者，他感叹道："你们这些周游世界的人都比我年轻啊！"

他非常喜欢摄影，手里有一架尼康F3相机。说着就给我照了几张相，然后又继续说道："我也想像你们一样，去世界各地走走。经济上是没有问题的。可是在我们国家，出国是很难的一件事情。"

青春苦短，想要冒险，趁年轻。可在伊朗，二十几岁的年轻人出去闯的冲动却被扼制得死死的。穆罕穆德突然说道："这个国家是世界上最糟的国家，以前曾经出现过很多优秀的政治家，可是他们马上就被这个国家的人们残忍地杀害了。这里的人们自己亲手掐断了民族主义的萌芽。而杀人不眨眼的坏蛋们一直在我们面前耀武扬威。"

话题过于沉重，气氛也有些尴尬。于是我岔开话题说道："你们两个都有女朋友了吗？打算什么时候结婚啊？"

"暂时还没那个想法，觉得没有未来，看不到希望。"

面对这两个"自暴自弃"的年轻人，我一时语塞。每个年轻人都有向往自由、追求幸福的权利，可是真正的自由究竟是什么呢？

按照哈米德给我的地址，很快，我就找到了他的英语老师——80多岁高龄的氟沙噶老先生。老先生是这个城市的名人，他的家在一道幽静小路的最里面，旁边就是大海。

"欢迎！欢迎！哈米德和我聊过你了，我也特别想见到你。"

两人为我准备了丰盛的晚餐，饭桌闲聊，我得知老人曾经游学法国，后来长期就职于德黑兰。夫人和女儿现定居美国。

"您平时都做些什么呢？"

"没什么特别的。人老了，偶尔坐车出去逛逛，平时就待在家里。织织绒毯，或者修理老旧家什。每天6点多上床睡觉。"

"6点？真早啊！"

"是啊，不过都要躺在床上思考3小时才能睡着，早上3点就起床，每天3点都有我喜欢的广播节目。"

桌上有一张相片，五个男子开心地笑着。

"这照片是？"

"这个是我，其他的都是我朋友。那时候我才三十几岁。"

40多年前，也就是第二次世界大战刚结束。他们有的三件套配领带，有的穿战壕风衣，装束非常有型。可现在的伊朗几乎看不到这种打扮。

"那时候的伊朗男性都是这种打扮吗？"

老人笑着点点头。说到"二战"，老人说，"二战"伊朗是持中立态度的，战争结束后，伊朗依然走着一条具有本国特色的发展道路，经济上还是比较富足的。当时1美元相当于3图曼，这20年间，图曼的汇率都很稳定，1美元兑换7图曼。

经过短短几小时的交流，我深深钦佩老人的淡泊、博识和善良，但让我印象最深的还是那张老照片以及它背后的故事。五位帅哥们的笑容是当时社会安定、人们安居乐业的写照。可是岁月无情，如今的氟沙噶已白发苍苍，而当年的三位意气风发的少年也已长眠地下。韶华易逝，光阴荏苒。

早上5点，厨房里传来了收音机的声音，氟沙噶老先生正在收听他最爱的广播节目。

7点半，雨脚渐细。和老先生告别，我再次出发。

离阿斯塔拉7公里的地方，一辆车突然停在我身边。原来是两天前在塔拉西苏遇见的托马斯先生，他去过日本，日语说得比较流利。盛情难却，我中途改道去托马斯家做客了。席间，托马斯一边翻着相册，一边讲述他在日本度过的那些难忘岁月。

1979年伊斯兰革命后，很多西方发达国家禁止伊朗人入境，可是日本始终对他们敞开大门，所以很多伊朗青年都选择到日本打工。虽然他们多在建筑工地或者铸造工场等艰苦环境工作，但都是兢兢业业，很受日本人礼待。对于他们，离开规矩繁多的伊朗，置身于日本这个"自由"的天堂，简直就是"大解放"。

不知什么时候，窗外已经飘起了初雪。昨晚的鹅毛大雪还没停，周围都披上了纯白色的冬装。整个城市带着静谧的雪后风情。我决定去趟城郊，想在离开之前，再看看一直与我相伴的里海。穿过红瓦白墙的住宅区，眼前出现了一幢废弃民房，它孤零零地伫立在芦苇丛生的沼泽地里。对面，就是白浪滔天的海岸线。

海面波涛汹涌，顶着呼啸着的海风，我长时间地眺望着远处海天交接的地方。海的那一边，应该就是土库曼斯坦吧。一个月来，里海以及海边人们给予了我亲人般的呵护和温暖。未来，我这个被"宠惯"的孩子能否经受住更严酷的考验呢？无论如何，我都会一往直前，永不退缩。

海风刮得更猛了，吸烟时不期而至的一声喷嚏，提醒我应该回去了。再次回望时，一只水鸟正迎着强风掠过铅色的海面。

里海，再见！

里海沿岸·托马斯一家

>> 来自里海的问候（行约 7356 公里）

　　伊朗内陆的道路沿着一条宽约 10 米的河流向西延伸。这条河流就是伊朗与阿塞拜疆的国境分界线。阿塞拜疆最警惕伊朗了，因为 200 多年前阿塞拜疆曾经是伊朗的领土。河岸边拉着两道铁丝网，每隔几公里，就能看见挂在上面的标牌，牌上用波斯语和伊朗语写着"国境地带，严禁摄像"。

　　离开阿斯塔拉市区，山路蜿蜒曲折。在海风湿润下，山坡上树木枝繁叶茂，有的被厚厚的积雪压弯了腰。一条条细细的云彩袅袅飘过，这样的雪凇奇景，就像一幅天然的水墨画。要不是有禁令，我真想把眼前的美景都收录到相机里。这个区域，每隔 4 公里就有一个高达 10 米的瞭望塔，每处都有士兵把守。他们拿着望远镜观察着我的一举一动，随时用无线设备做通信联络。看到我走进瞭望塔，士兵会简单检查一下我的护照，然后端给我一杯热茶，提醒我注意保暖、警惕出没荒山的野狼。

　　一路上，我留宿在清真店或者红新月会[1]。第二天，终于爬到了山岭处。不久，我的眼前出现了呈研钵形状、海拔 4811 米的萨巴兰山。第三天，我走到了位于萨巴兰山山脚下的阿尔达比勒。我背包里装着阿

---

[1] 伊斯兰圈的红十字会。

128

斯塔拉的雷扎行长写给前路马苏基安（Masukyann）所有支行行长的信，到阿尔达比勒，我做的第一件事情就是去拜访这里的支行行长。侯赛尼行长性格很爽朗，人特别随和，就像一个邻家大叔。他的热情将我翻山越岭的疲惫感一扫而光。看完信，他马上就放下手上的工作，领我去警局办理续签手续。第二天，雷扎行长也特意从大老远赶过来。他和侯赛尼是交情很深的老朋友。正好晚上有位银行职员举办结婚仪式，我和雷扎行长也应邀参加了。

今晚的婚宴是在新郎家里举行的。我们到的时候，现场坐了满满两排人，而且都是清一色的男性。这是伊朗结婚时的一种特色，昨晚招待的是女客，今晚招待男客，明晚才是正式的新郎新娘、男客女客同时出现的日子。

一盘盘肉盖饭和一碗碗热汤被端到大家面前。不知道新郎什么时候露面。

"别着急，一会儿交响乐响起来，就快了。"侯赛尼好像看出了我的心事。抬着大鼓和手风琴的乐队很快就出现了。调好扩音器和麦克，他们的演出开始了。

一曲奏罢，掌声响起。不知谁喊了一声："穆罕默德！来一个！"

穆罕默德应声而起。他有些羞涩，面颊微红地来到大家面前。乐曲响起，他却毫不怯场，洒脱自信地用力舞动，像完全换了一个人。婚宴现场随后成了大家表演的舞台。你方跳罢，他登场，就连四五岁的小孩子也不甘示弱。"舞林大会"结束之后，"歌王争霸"又掀起了一轮新高潮。已是深夜11点，大家兴致依然高涨。

午夜12点，扎着红色领带、穿着正装的新郎终于出现了。在他的带动下，大家纷纷起身，手拉手地跳起了最后的圆圈集体舞。

今夜的婚礼便至此结束了。

第二天早上，与侯赛尼以及其他银行职员告别后，我离开了阿尔达比勒。清爽微寒冬日里，伴着两边白雪皑皑的山峦，我沿着河流向西进发。我鼻孔发痛，全身无力，这应该是发烧前的征兆。身体出状况了，只好走走停停。这 15 公里的路程，我竟然走了五个多小时。山上野狗和狼群较多，我想今晚住在这个检查站，可被无情地拒绝了。检查站负责人不仅不让我住，还禁止我在附近搭帐篷。

正郁闷呢，侯赛尼打电话到了检查站，他得知我的状况后，驱车把我接回了阿尔达比勒。虽然有些过意不去，但是只好接受他的好意了。侯赛尼晚上还要去参加那位银行职工的婚礼，我留在了他家。他上初中的儿子非常懂事，为我准备了晚饭和洗澡水。我们聊起了体育运动，聊起了我的大学时代。

"你信什么宗教？"他突然问起了我的宗教信仰。

"我什么宗教也不信。不过，我和你们一样，也相信阿拉的存在。"

"日本是个佛教国家吧。你们怎么能信佛教呢？还祭拜佛陀。"

"佛陀是人啊，就像你们崇信的穆罕默德一样。当然，基督也是人。他们都是真理的预言者，都很伟大，所以值得尊敬。这么伟大，我们祭拜他们的雕像和画像也很自然。"

"不对的，我们信伊斯兰教的是不会做穆罕默德像来祭拜的。"

"每个宗教都有各自的做法。"

在巴基斯坦拉合尔博物馆里，我曾见到了那尊著名的"佛陀苦行像"。和其他丰腴富态的佛像完全不同，坐在那里的佛陀像一个木乃伊，瘦骨嶙峋、青筋暴起，眼窝凹若深井……佛陀的坚忍苦拔精神尽显。与玻璃罩中的佛陀对视时，大大的问号一个又一个地出现在我的脑海中——他为什么要断食呢？人究竟为什么要苦行？到底什么是宗教？

我也去过印度德里。在那里，我跟随一位日本的旅行者学习了一段时间的瑜伽。印度大大小小的道场有数千个，还有很多国外支部。很多知名的道场里除了本堂之外，还建有食堂和宿舍，很多西方人都在这里修行。只要缴纳几百日元的费用，就可以按自己的意愿参加当天开放的各种项目。我一般是在自己的房间学习完理论之后，再到本堂和其他学习者一起冥想打坐。

我的师傅曾经告诉我，冥想的目的就是要开悟，也就是要明白宇宙的真理，让我们浮躁的内心沉静下来。为了进入安静的冥想状态，要在日常生活中磨砺自己的肉体和精神。为达到身体、心灵与精神的和谐统一，首先要控制饮酒、吃肉，防止过度摄取糖分，以保持血液中的各成分比例平衡；其次不要杀生、要乐善好施，以保持良好的心态。虽然断食是一种肉体与精神上的"煎熬"，但却是其中最有效的方法之一。

冥想如果能达到一定境地，就可以看见体内的光芒。人体内有七种光芒，都是发自精神力量的中心。经过了两周的冥想，我真的看见了自己体内那微弱的光芒。

开悟的觉醒者被叫作"古鲁"，被人们尊为导师。德高望重的导师，会吸引很多人前来学习，从而形成瑜伽道场。从公元前开始，这种道场经历了从无到有，从存在到兴盛的过程。印度宗教就是以这种形式慢慢兴起的。

时至今日，有些传教者已经不再让人们通过冥想去开悟了，而只是强调要念经、守规、崇神。虽然偏离了原来的轨道，但每个人都有自己的生活，谁也不想把自己的一生荒废在每天的冥想之中。

这一夜，我和侯赛尼的儿子聊了很多很多。

"宗教也是人所创制出来的，我们没有必要因为这个争执不休吧。"

"不是的，只有伊斯兰教才是神创造出来的。"

"是嘛。那神为什么要创造宗教呢？宗教又到底是什么呢？"

对于我的这两个问题，他一时语塞。也许是他还未能领悟吧。

睡梦中，我被他给摇醒了。

"对不起！但我必须把你叫醒。你刚才的那两个问题我想过了，我认为宗教就像你旅游中所拿的那张地图一样，想一想，如果你没有地图，你能走到罗马吗？"

"等等！你要知道我即便没有地图也能走到罗马，只要一路向西就可以了。"

宗教会照亮一切。这也许就是他想说的吧。对于宗教荫庇下生活的人们来说，宗教确实就像一张世界地图。

"尼鲁（Niru）和萨洛布（Sarobu）之间没有村落，如果发现建筑物要趁着天亮就留在那儿。天黑时一定不要搭个帐篷就睡。那一带狼很多的。记住啊！"出发前，雷扎对我千叮咛万嘱咐道。

伊朗内陆以来，我经常受到恶犬的袭击。不是那种野狗，而是家养的看门狗或者是牧羊犬。我手中虽然有木杖，但是这些狗都有狼性，根本就不怕吓唬，经常对着我狂吠不止，有时还会扑上来。

我还没有遇见过狼，本着"听人劝，吃饱饭"的原则，我将两条小腿用报纸裹得严严实实。报纸、裤子、紧身裤、厚羊毛袜、登山袜，一层又一层的保护措施，估计再凶狠的狼也无法一口就咬伤我了。另外，我还有一个秘密武器，那就是家用煤气点火器改良而成的喷火器。射程大约两米。不过，要是顶风的话，也许会引火上身。

在风雪中艰难跋涉了 13 公里，我终于看见了一个用石头堆砌而成的建筑物。虽然看起来像是一个圆顶的清真寺，走进一看，半个人影都没有。门敞开着，门口堆着厚厚的雪。里面有一个 20 米深的大厅，左右各有四间空空如也的小房间。看起来，这里既不是住家寺院，也不是坟墓。也许是废弃的军事基地吧。

伊朗·喷火器

　　我决定在此"驻营扎寨"。钻进帐篷，外面的风雪声就像催眠曲，让我很快就进入了梦乡。

　　"Hello!Hello!"一阵呼喊声把我从梦中惊醒。

　　"Yes!"拉开帐篷一看，发现门口站着两个扛着自动步枪的人。

　　"出来一下！"一个人冲我喊道。

　　"我们害怕吓到你，所以才在门口和你打招呼。我们看到你进这里来了，担心你遇到什么麻烦，所以才过来看一下。"这个年轻的士兵曾经留学瑞典，英语说得非常流利。

　　"离这儿3公里远的地方有一个工棚，你还是去那儿过夜吧。现在是4点半，天黑之前应该能走到。"

　　风停了，夕阳下的茫茫雪原很是壮美。走到工地，工人们热情地让我住进了开着电炉子的里间。

　　第二天是无风的好天气。我已走入伊朗内陆的沿河盆地，

　　来到A01国道，车流量明显增多了。周围依然是白雪皑皑的农田，前方就是伊朗西北要冲大不里士了。大不里士，是伊朗第二大城市，阿塞拜疆地区的最大城市，还是伊朗的古城之一，历史上多次被作为王朝

133

首都，位于库赫·塞汗特高原之上。

　　路边有几家西餐馆，可几乎都关着门。好不容易找到一家开门的，进去一看，除了我之外没有别人。原来从前天开始，这里就进入断食节了。

　　所谓的断食节，是一年一度的伊斯兰传统节日，每次都要持续 1 个月。每天的日出到日没之间都不能吃东西，包括吸烟、喝水。虽然日没到日出之间可以不受任何限制，可是这 1 个月也是一种"煎熬"。虽然伊朗是一个以伊斯兰圣法为国法的国家，但是否按照这种传统习俗来做，完全是靠自觉。可对于我一个徒步旅行者来说，这简直就是身心的煎熬。

>> 孤狼精神（行约 7619 公里）

我以前曾发过牢骚，说伊朗这个国家的伙食除了肉盖饭就是肉浇饭。可是我现在已经喜欢上了这种单调的食物。嚼着生洋葱和烧鸡，我将藏红花、红辣椒以及酸奶倒入米饭，用力搅拌后，大口大口地吃起来。烧鸡的脆骨我都不放过，骨头也要吮吸半天，饭后又美美地喝了一杯茶。吃饱喝足后，背起行李上路了。

中午时分，我竟然发现一家开门的路边饭店，可是里面仍旧没有一位顾客，真的被伊朗人的坚持感动了。我已经喜欢上了这种口味清淡的美食，可伊朗之旅马上就要结束了。希望能有机会再来，我爱这里的山水，爱这里的美食，爱这里的人，爱这里的一切。

一直顶在头上的低云已经不见踪影，月亮挂在晴朗的夜空中。

索菲安德（Sofhiannde）的灯火竟然神奇般地在我前方眨着俏皮的双眼。经过 20 个小时的跋涉，索菲安德村向我敞开了怀抱。

路上的雪完全消失了，慢慢地，小村子移出了我的视野，牛羊的叫声也听不着了。孤零零地走到公路上，我成了一匹"独狼"。落日余晖下，周围的一切都熠熠生辉。

此情此景，让我仿佛又穿越回了中国——同样的大漠斜阳背景之下，落寞、不安、焦躁交织在一起，默默前行。让我不可思议的是，现在的我却沉浸在幸福感之中。尽管体力即将消耗殆尽，可精神是愉悦的；冷风之中，吐息成白霜；暮色之中，脚步声声响。这些无形中都提升了自己的存在感。

一种喜悦感传遍全身。我一直在坚持、坚持……

翻过一道山岭，一个溪谷环绕的小山村出现了。水边分布着块块耕地，挺拔的白杨树点缀其中。一切都那么纯净调和，如诗如画。

下午5点，连绵的山丘间，赫然出现一个规模较大的山村。一条条山间小径散落维系着家家户户，村民们来往于其中。每一家的门扉以及窗棂都涂上了醒目的蓝色，与周围的环境形成了鲜明的对比。

还没有走进村子，孩子们都好奇地围过来。

"Hello！"

一个小男孩伸出手要和我握手。可是当我也伸出手时，他却猛地缩回手，然后捡起路边的一块小石子吓唬我。这让我十分扫兴，想快速离开这里。可是，小孩子们的恶作剧升级了，一块块小石头从后面抛过来。我停下脚步，回身狠狠地瞪了他们一眼。

"再扔我就打你们啦！"我挥舞着手杖吓唬他们。一看我真的生气了，孩子们都吓得跑远了。可我刚转身，他们又像一群马蜂，追着我不放。

"我怎么这么倒霉，碰上了这帮倒霉孩子。"现在我只想赶快逃离这个是非之地。终于听不到他们吵闹叫骂声了，我刚想喘口气，又有一个小姑娘在浅沟对面向我招手。

"她要做什么？会不会像刚才那帮孩子一样，拿东西打我呢？"

我"战战兢兢"地向她摆摆手。不一会儿，又有五六个孩子聚了过来。我们隔着水沟边走边聊。这几个孩子一直陪我走到村边。残阳如血，一切也都沐浴在这片红色之中。忽然，大滴大滴的眼泪从我的眼窝中涌出。

为什么会哭呢？什么事情会让自己如此伤心呢？记得小学一年级，自己也曾伤心地流过眼泪。那时候，自己与"仇家"约好单挑。起哄看热闹的人也围了不少。当我骑在"仇家"身上，旁观者总会拽掉我的鞋子，或者向我的脸上扬沙子。这时候，我都会大哭不止。

没想到，我会忆起这段尘封已久的往事。我觉得自己有点儿可笑，马上擦干了眼泪。就在这时，一辆车停在我身边。是那位无数次遇见都和我热情招手的司机。这次，他特意给我带了烤馕、奶酪以及煮鸡蛋。还特意给我沏了杯茶。他乐呵呵地告诉我："伊朗"这个名字，有人说是来源于"伊兰"的译音，在古波斯语中为"光明"之义。也有人说伊朗是远古时期的"雅利安人"音转而得名的。1979 年 4 月 1 日，我们国家正式宣布成立伊朗伊斯兰共和国。

"对伊朗印象如何？"

"非常喜欢你们国家。"

交谈过后，刚才的阴霾竟奇妙般地散去了，我瞬间心情大好。可以毫不夸张地说：伊朗并不是战争国家，也不是大家口中的存在不安全因素的国度，而是一个安全、热情、友好，每个人都有着虔诚宗教信仰的美丽国度。

在这短短 1 公里的路程中，我品味到了多种情感：期待、失望、气愤、迟疑。徒步行真的很奇妙，路上什么都有可能发生。到罗马还有 5000 公里，前方还有很多"妖魔鬼怪"与"神佛仙圣"在等着我。我要和他们一一打个照面，品尝这多味的人生。

远在 100 多公里处的天边出现了一个雪山顶，酷似富士山山顶。那就是土耳其的亚拉腊山，海拔 5156 米为土耳其的最高峰，是一座锥状火山。脚下的道路穿过枯草覆盖的原野，向亚拉腊山的左侧延伸过去。

土耳其国境巴扎鲁甘就在前方 20 公里处。

城市北边高 200 多米的悬崖，上面还可以看到一座座堡垒。在晚霞的映照之下，悬崖峭壁被染成了红色。找到旅馆之后，我马上就去了一趟诊所，因为昨晚被看门狗咬伤了右腿。在那里，医生给我免费打了狂犬疫苗。据医生说，当地的疫苗都是免费的。

随后，在这城市的三天休整开始了。土耳其是我憧憬的国家，对我来说，不需要签证的土耳其就是一个人间天堂，每当我处于困境，我心中都有一个声音在激励我：土耳其就在前方。在梦想马上要实现的时候，我却让自己的脚步慢了下来。

边境大门建在一座山丘上，那里的海关可以自由通行。我在一家西餐馆吃了最后一餐。饭后，我点上一根烟，悠闲地享受着在这个国家的最后一段时间。

爬了两公里的山路，我来到山岭处的海关。极目远眺，风光无限。这几天，因为群山的遮挡和云绕雾罩，亚拉腊山一直隐而不见。我只能看到它的山脚。

寒风之中，紧握着为期三个月的土耳其在留许可证，我将刚买来的罐装啤酒一饮而尽。久违了，土耳其！我来了！

只要坚持，在未来的某一天，梦想就会实现。

土耳其

分水岭·界（国境巴扎鲁甘——萨姆松）

外人看一座城市的时候，感兴趣的是异国情调或美景。而对当地人来说，其联系始终掺杂着回忆。

——［土耳其］奥尔罕·帕慕克

>> 拦路虎（行约 7930 公里）

我忽然非常想念刚刚离开的伊朗，在那方热土上，有很多曾经给予我物质帮助及精神支持的朋友，虽离开数日心却还留在那里。

我把腕表调成了土耳其时间。过去的就过去吧，新世界已经为我敞开了大门。可是，前行路上还有两条"拦路虎"：一个是狗，一个是恐怖分子。

土耳其的狗要比伊朗的多很多，几乎每个农家都有看门狗，除此之外，军区、饮食店、加油站等都养狗。公路边时常会有一只体重和我差不多的大狗蹲在那里。虽然我尽量远离它们的势力范围，但是这些散养的牧羊犬和家犬还是冲我龇牙狂吠。要不是手中这个铁制手杖，我都不知丧命多少次了。

走到被树林环绕的塔西鲁迪意（Tasyurutyayi），我首先找了住宿的地方，一晚的费用是两美元。因为土耳其的斋戒比伊朗彻底，这一天我只靠早上吃进肚的几块饼干支撑着。办好住店手续，放下行李，我直接冲向闹市区的饭店。

日落后，路边的饭店都开始营业了。这 4 天在土耳其，我几乎没有机会练习土耳其语。买东西时，即便我用土耳其语问价格，店主也只是把计算器中算好的价格拿给我看。看来，我只有自学了。我买了一本土耳其语字典，每次看到路边有人聊天，我都会站在那儿认真地听。斋戒月期间，一过晚上6点，吃过晚饭的男人们必聚起来谈天说地。我所留宿的这个饭店人声鼎沸。正坐在角落里喝茶，几个年轻人过来用英语和我打招呼。

其中一个人压低声音说道："步行过土耳其东部可不是一个明智之举，尤其到埃尔祖鲁姆这段路。因为……"环顾一下四周之后，他小声地说，"有恐怖分子……"

进入土耳其后，国道E80号线上，每天都会有三辆军用巡逻车经过，每隔20公里就有一个军营。无论是巡逻车，还是检查站，都处于一种备战状态。我每次都会和他们挥手致意，可很少能得到回应。道路标识上留着无数个弹痕，地面上也时常能见到滚落的子弹壳，有的是猎枪子弹的，有的是机关枪子弹的。

希望能早日到达黑海，那里应该没有这么紧张的气氛，也没有拦路的恶犬，天气也会暖和许多。道路旁流淌着一条名叫Murato的小河。它会和大家所熟知的幼发拉底河汇合，经波斯湾流入阿拉伯海，进入印度洋。而流入黑海的河流，还在遥远的前方。拥有6万人口的阿鲁周围分布着很多军事基地，街道上随处可见装甲车以及荷枪实弹的士兵。路上的行人并未见丝毫的紧张感，可能这已成了常态。

走在路上，一架架飞机从头顶低空飞过。埃尔祖鲁姆是东安纳托利亚地区最大城市，人口超过24万。在政治、经济以及军事方面发挥着极其重要的作用。离市区还有七八公里，道路两边都被围上了带刺的铁丝网。想进入市区，要接受安全检查。

到达市区，天已经完全黑了，路灯很亮，照亮了整座城市，九成的商店都已经打烊。从昨天开始，这里进入持续三天的砂糖节。为了慰劳斋戒月里所受的"苦"，砂糖节，大家会招待身边的人吃甜甜的糕点。

>> 斋戒月（行约 7930 公里）

在一个阴冷的清晨，我离开了埃尔祖鲁姆。郊外，我发现五个男人正在国道旁的草地上自助烧烤。他们都非常热情，将烤好的肉串送给我吃。

在寒冷的冬日，各个国家都有喝酒御寒的习惯。日本人喝的是"烧酒"，中国人喝白酒，俄罗斯人爱喝伏尔加，土耳其人喝的则是拉克酒。只见这些男人们在清澈的拉克酒里倒入了小半杯水，酒立刻变得像牛奶般混浊，仿佛是一杯带着酒香的牛奶或是奶色的葡萄酒。他们告诉我：拉克酒，是土耳其很有名的烈酒，由葡萄和大茴香酿制而成，相当于白酒，度数为 45 度，因兑水后呈牛奶色，所以也称"狮子奶"。冬天吃烧烤，配上拉克，就完美了。喝着拉克，吃着烤肉，聊聊工作、聊聊家庭，这五个男人也是一道独特的风景线。

天空飘起的细雪让我不自觉地加快了脚步。不一会儿，小雪变成了暴雪，路面积雪越来越厚，湿滑难行。3 小时后，我终于跋涉到了距埃尔祖鲁姆 15 公里的乌鲁加（Urujya）。此时，我的头顶和背包上已经积了厚厚的一层雪，完全就像一个雪人。这里是一个温泉小镇，人口只有一万左右。公共温泉浴场不断有热气从屋顶升腾而出。

我找了一个温泉宾馆，一晚上2.5美元。斋戒月结束后，几乎没有什么客人了，所以这里既不开放温泉，也没有暖气。屋里空旷清冷，看来只能用酒暖暖身子了。找遍了主街，没有一家店卖酒。店主总会回答道："佛教是信佛陀的吧，喝酒可不行。"在土耳其，只要聊天，人们就会聊到宗教。频度甚至超过伊朗。

一家店的店主非常认真地和我说起信伊斯兰教的好处。他一边绘声绘色地讲述伊斯兰教的奇闻异事，一边还戏谑佛教没有这些故事，和尚们懂的，伊斯兰教人人都懂。最后还郑重其事地送了我一盘讲述伊斯兰故事的土耳其语磁带。

"这盘磁盘送给你了，等你土耳其语学好了之后一定要听听啊！"带着这份情谊，我踏上了前行的路。雪变小了，天空微微透出了一点儿亮光。

后天是斋戒月的最后一天。斋戒并不是告诉大家食不果腹的人们有多苦，而是希望每个人都有一颗关爱别人、帮助别人的善心。在伊斯兰国家，助人为乐早已经成为常态。

这天傍晚，在一个村子里，聚在一起的10条狗对着我齐声狂吠。可当清真寺的大喇叭传来阿訇的呼叫声，它们竟然也像人一样，齐刷刷地坐正，仰头向天"祷告"。

"呜嗷……"通过长短、高低、强弱交响演奏出来的旋律让我惊叹不已。连狗狗们都成为伊斯兰教徒了吗？

据我了解，98%的土耳其国民都是伊斯兰教信徒，斋戒月期间，政府机关都休假停止办公。和伊朗不同的是，土耳其是一个政教分离的近代民主主义国家，这里的人们既可以喝酒，也可以进入成人电影院与红灯区。女性们也不是必须围起围巾，但真要是围起来，要比伊朗女性更有韵味。从伊朗行走到罗马，我见证了人们的思想由保守转为开放。土耳其正是其中的分水岭，世界版图在此由亚洲地区过渡为欧洲地区，宗教信仰也由伊斯兰教过渡为基督教。

一路上，品味不同文化，让我如痴如醉。道路在阿苏卡拉（Asyukare）一分为二。选择 E80 国道直接西行，能走到土耳其内陆，并直达伊斯坦布尔。选择 E97 国道北行，则可以到达黑海沿岸的特拉布宗。为安全起见，我放弃了局势不稳的 E80，选择了 E97。路边河水潺潺，前方峰峦叠嶂。土耳其地势东高西低，地形大部分为高原和山地。横在我面前的柯普（Koppu）山，海拔 2925 米。晴空之下，雪花飞舞、山路渐陡。周围完全被大雾笼罩。不久，雾气散去，透过云缝可以看见山下。我有种腾云驾雾的感觉。如果脚下这条绵延起伏的柏油山路是连接群山的白色长带，那我则是长带上的独舞者。过了柯普山，就罕见卡车和巡逻车了。由此来看，和 E80 相比，E97 的气氛确实不那么凝重。19 世纪末俄土战争，一个名叫斯西托（Syehitto）的土耳其"圣战者"丧命于柯普山中，这里有纪念他以及其他"圣战者"的墓碑。

我继续向前，道路又飘在了厚厚的云层之中，伴着一阵阵冷风，雪花从四面八方飘然而至。突然，脚底一滑，整个人都趴在了地上。如果是在行人众多的城市街道上，我肯定会一轱辘就爬起来，然后若无其事地离开。而在这个空无一人的大山中，我就没有必要"装模作样"了。我的面颊贴在冰凉的石子路上。我一时难以起身。刚好经过这里的一位卡车司机慌忙跳下车，顶着大雪跑过来确认我的状况。知道我只是摔了一跤，他长舒了一口气。他再三劝我上车，我还是礼貌地拒绝了。

夜深了，山下隐隐约约的灯火，慰藉着我漂泊在外的心。

>> 孤岛之国（行约 8055 公里）

冒着大雪，我走过了好多地方。路遇一位老者，我用土耳其语和他问了声好。老人停下脚步，一脸讶异地看着我。

"你是做什么的？怎么来这儿了？"

"徒步旅行。"

"从哪儿走过来的？"

"中国。"

"不是，我是想问你从哪儿走过来的？"

"中国啊！"

"我知道你是中国人。我是问你从哪儿走过来的。阿苏卡拉？ 埃尔祖鲁姆？"

"中国。中国。"

"哎，坐车吧，这儿离巴伊布尔特还远着呢！"也许是觉得我听不懂土耳其语，他不再和我"纠缠"了。

在土耳其，每当我说自己是从中国走过来的，70% 的人都以为我在开玩笑，一笑了之。土耳其是一个有很多邻国的大陆国家。可是，从地缘学上讲，这个国家却像是一个孤岛之国。位于东边的两个国家：一个是与其意识形态相冲突的苏联，一个是他们眼中"专制又保守"的伊朗；和伊拉克、叙利亚接壤的东南部一直内战不断，常年都是戒严、戒严、再戒严；西部呢，又与保加利亚、宿敌希腊对峙；剩下的部分就是汪洋大海了。

虽然与其他国家接壤，但土耳其总觉得自己处于敌国包围圈中，慢慢就形成了"岛国意识"。在面对一个异国他乡的步行者时，他们很自然地就会怀疑、戒备起来。

正是冰雪消融的季节，发源于柯普山的这条小河，水量变多了、河道变宽了。最终，它会投入到黑海母亲的怀抱。柯普山是一个分水岭，可是，高耸在人们心中的那道围墙却不是那么容易翻越的。

终于，我走出了大雪覆盖的山区，来到了巴伊布尔特。伊布尔特是一个人口只有 3 万的小城，这里热闹但不喧嚣，媚而不俗，城外也没有那么多的军区。我沿着一条铺着石板的幽暗小路溜达了一会儿，发现了一家饮食店，闪着红绿相间的霓虹灯光。推开包着皮革的沉实实的门扉，立即传来了悠悠的流行音乐声。店里的一个年轻服务生非常热情地接待了我。

店里已经有了两个客人。我找了一个不太显眼儿的位置，点了杯土耳其艾菲清爽啤酒，对着瓶嘴就喝了起来。艾菲清爽啤酒是酒精度适中的高级啤酒，酒精含量 3%。以蛇麻草 [1] 和大麦为原料。口酒进肚，我忽然意识到巴伊布尔特的氛围，让自己感到非常舒服和惬意。能坐在这里听听旁人聊天，喝喝土耳其啤酒，即便是独自一人，也心满意足了。

两天后，我来到了喀拉（Kare）村。村旁的山顶上，有一座建于1400 年前的古城喀拉，村名也由此而来。

---

[1] 蛇麻草（拉丁学名：Humulus lupulus），别名蛇麻花、忽布、酵母花、啤酒花，多年生草本蔓性植物，大麻科律草属，可入药。

我在附近的一家小饭店喝茶时，突然被闯入的几个身着迷彩服的人带走了。他们是村公所的士兵，一边走还一边安慰我不要害怕，说只是常规询问。确实如此，所长见到我也只是让我做做自我介绍，连护照都不检查一下。临近天黑，副所长来接班了。这位大腹便便的长官一落座就点上一支万宝路，边吞云吐雾边听我讲旅途中的所见所闻。

　　晚上，我被安排住在士兵寝室。这里的年轻士兵来自土耳其的全国各地，要在这里服十八个月的兵役。他们都非常阳光健康，热情地为我介绍自己的家乡。半夜里，我被一阵窸窸窣窣的声音惊醒。原来，年轻士兵们要交替出去站岗放哨了。

　　距离黑海，直线距离不足50公里了，但山高路难行。哈鲁斯托（Harusitto）河河床达七八米宽，滔滔河水一路奔流至黑海。风雪中，我遇见在路边卖木柴的男孩子们。不禁想起《安徒生童话》里那个卖火柴的小女孩，也是在这样的风雪里走着。男孩子们清亮的叫卖声，在山谷中久久回荡。路渐远，孩子们的声音也慢慢地被漫天大雪淹没了。大约走了25公里，海拔1795米的吉加纳（Jigana）隧道出现在眼前。吉加纳隧道长约170米，据说是土耳其最长的一条穿山隧道。

　　刚走过黑魆魆的隧道，重重浓雾就扑面而来。黑海在60公里之外，呼吸着湿润的空气，我仿佛听见大海的喃喃细语。

　　脚下的山路崎岖陡峭，左边是高耸的峭壁，右边就是深不见底的山谷。太阳慢慢地落下，大雾弥漫，能见度不及5米，进退维谷。我只好在靠近山壁的一侧搭起了帐篷。气温已达4度，微风中包含着缕缕的早春气息。

　　早晨，探出头呼吸帐篷外清冽的空气，人陡然地精神起来。尽管还是雾气蒙蒙，但是已经可以窥见头顶瓦蓝瓦蓝的天空了。不知不觉间，大雾尽散，绿草地、油菜花田清晰可见。路边的梅花枝条冒出了花骨朵儿。

跨过了安纳托利亚高原，我来到了平原处。阳春三月特有的温润让人陶醉。

　　临近市区，河水变得污浊起来。不久，人口达 30 万的特拉布宗赫然出现在两山之间，透过一栋栋高楼大厦，波光粼粼的黑海也隐约可见。我梦想到达的黑河，位于欧亚大陆连接处，通过土耳其海峡与地中海相连，并与遥远的大西洋海域相通。努力的人是会得到上天的眷顾的，想到那些让自己魂牵梦绕的异域风情就在不远的前方，我激动难抑、欢悦满怀……

土耳其·黑海沿岸渔村

>> 独在异乡为异客（行约 8560 公里）

披着绿装的北安纳托利亚山将伟岸身躯埋进海水中，接受着海浪温情地抚慰。

从特拉布宗出发的第二天傍晚，我敲开了一户海边人家的院门。开门的是一位大婶，她身着土耳其传统服饰，应该是这家的女主人。

"您好！我是一个徒步旅行者，想在您家的院子里搭帐篷住一晚，您看可以吗？"

"哦……你稍等一下，我得和家里其他人商量一下。"

对我这个不速之客，大婶明显是心存戒备的。她叫出了另一个大婶，两人低声交谈了一番，有些不情愿，但还是把我迎进了院子。搭帐篷时，她们在一旁和我聊天。后来还邀请我到房间里喝茶。原来她们是妯娌俩，两家合住在一起。听说我已经离家 20 个月了，两人唏嘘不已。

"你妈妈肯定舍不得你走吧？"

"是的，走的那天，我第一次看到妈妈流泪。"

不久，家里的其他人陆续回来了。我被邀请和他们共进晚餐。年事已高的老奶奶听说了我的事情，搂着坐在旁边的孙子，意味深长地说："我可不会让我的大孙子去徒步旅行。"

这个 20 多岁的年轻人是家中的独子，刚刚从军队复员。我的这次长达两年半的离家远游，对我的家人来说，就像送自家孩子去军营吧。参军离家也罢，游子远行也罢，留给长辈们的，必定是无限的思念和担忧吧。

吃饭时，家里其他的亲戚也好奇地聚了过来。家里的男人们数次举起斟满伏特加的酒杯向我敬酒，还让我收起帐篷住到房间里。到土耳其的第四十天，我第一次受此"优待"。这个快乐的夜晚，我将永远铭记。

第二天，雨越下越大了。本想找一个住宿的地方，可是店家要价太高，所以我只好冒雨前行。又走了 11 公里，我终于在艾苏皮尔（Esupie）小镇里找到了合适的住处。房间在旧式 5 层建筑的 3 楼，单间，一晚上 3 美元。店主是一个身材魁梧的男青年，与我同龄，名叫查库鲁。

"对土耳其印象如何？还不错吧。"

"嗯，印象很好。不过很难看到土耳其风格的民居，这让我觉得有点儿遗憾。"

"我老家都是你想看的房子，离这儿 20 公里吧。如果你想看，我明天可以领你去，现在只有我母亲一个人住。"

查库鲁的家乡在古乌耶（Gyujye）村，地处内陆，需要翻山越岭 14 公里。这一天，我们坐上了汽车，来到了这个的美丽山村。

顺着大石铺的山路走了一会儿，前面出现了一汪水池。查库鲁说，从 500 多年前开始，当地人就以此为公共水源繁衍生息了。池边的水车小屋现在是村民们公用的磨玉米面粉的地方，他们把干燥的玉米运到这里，用石臼磨成面粉，用来烤制面包。

查库鲁的家是一栋木制的二层小楼，有 50 年的历史了。一楼用来养毛驴、牛等家畜还有家禽，二楼住人，是土耳其传统的建筑方式。

查库鲁大声呼唤道："Anne（妈）！"

"妈"的发音全世界都是相通的，不管是出自幼子之口还是成人之口，都有种撒娇的感觉。这位满脸胡须的壮汉用土耳其语喊出的"妈妈"也让人听出了浓浓的母子温情。

屋内挂着窗帘，微暗。黑色格调的家具散发出原木的香味和生活的气息。忽然，孩提时代读过的绘本中的一个画面闪现在我的脑海中——一只小松树将自己的小窝建在了远离地面的大树上。那里有"安全门"，也有可爱的小床和暖炉。小松鼠每天过得自由自在，完全不必担心外敌的侵扰。土耳其的民居有如小松鼠的小家，他们在这个"私人"空间里，互相依偎、安适度日。

吃完查库鲁妈妈为我们准备的午饭，我和查库鲁踏上归途。看着母子二人相拥告别，"独在异乡为异客"的凄凉感瞬间涌上心头。那一刻，我竟然有些想家了……

离开特拉布宗这 10 天，几乎每天都在下雨。今天也是阴云密布，连海面都显得晦暗无光，黑海不会就是由此而来的吧。路遇两个十二三岁的男孩。他们一边走，一边捡拾路边的废品。

"大哥哥，你是做什么的？要去哪儿啊？"

"旅行，走到欧洲去。你们捡的都是什么东西啊？"

"废铁屑和汽车零部件。捡了拿去卖钱。"

废铁一公斤能卖上 10000 里拉 [1]，走一趟差不多能赚 50000 里拉。路边散落着易拉罐、沙发等废品，我发现一团电线，捡起来递给他们。

"这个没用，卖不了钱。"

一路上，我像寻宝似的睁大眼睛紧盯着道路两边，想帮他们捡儿点废铁。然而我捡到的东西都不是他们想要的。坐下休息时，我发现他们的小手都变得黑乎乎而且伤痕累累了。

---

[1] 在当时 10000 里拉相当于人民币 1 元钱。

"痛不痛？"

"不痛，有点儿痒。"

"这个你们拿去用吧。把手洗干净之后再涂啊！"

两个孩子把药膏接过去，好奇地盯着药膏，谁都舍不得松手。

"你们的爸爸妈妈呢？"

"我们没有爸爸妈妈。"

我始料未及，原来他们是孤儿啊。后半程两人收获颇丰，捡到了不少值钱的东西。

"差不多够20斤了，今天的任务完成了，我们可以回去啦！"

看着他们高兴的样子，我心里五味杂陈。还没等我给他们叫个车，两个孩子和我挥挥手就跑远了，没想到在奥尔杜郊外我又遇见了这小哥俩。

"卖了11万里拉，你看！"

我看见两个人的裤兜里各塞了几张土耳其纸币。这些钱够他们吃好几天了吧。没父母没家，孩子们的生活将如何保障。我很担心，但自知帮不了他们什么。我现在的处境也相当于无家无人关爱了。我已离家那么久、那么远了。

至此，我打算改道向内陆进发，漫长的黑海沿岸旅程就此结束。和安纳托利亚高原那段路程相比，这段路显得平和而安静。离土耳其最大的城市——萨姆松还有10多公里。导游手册上写道：萨姆松是土耳其北部黑海沿岸的一个城市，是萨姆松省首府。处在克孜勒河三角洲与耶席尔河三角洲之间。港口良好并有天然屏障。出口优质烟草，因此萨姆松烟草已成为土耳其型烟草的代号。正好，我可以尝尝这里的香烟。

"Hello！"

回头一看，是两个穿着校服的女孩子。

"你们好！"

听到我用土耳其语和她们交流，两个女孩十分诧异。土耳其人一直认为他们的土耳其语是世界上最难掌握的一种外语，他们从来没想过外国人能说土耳其语。

实际上，日本人和土耳其人对本民族语言都有这种盲目的自豪感。因为本国语言难以掌握，所以就会盲目地认为他国人学不会、掌握不了。在我的土耳其语学习过程中，我惊讶地发现它和日语的相似度甚至要高于同为阿尔泰语系的韩语和蒙语。亲身学习的实践让我走出了认识的盲区，视野也变得开阔起来。学习另一种语言，不亚于看到了另一个世界。

两个女孩都是云耶护士学校的学生。我们用土耳其语聊起天来，时间过得很快，她们要回去上课了。临走前，一个女孩将手碗上的手环送给了我，祝福我一路平安。

此时，夕阳西下，落日余晖透过云层温暖着路上的旅人。

土耳其古乌耶村·石臼

土耳其·云耶护士学校学生

伊斯坦布尔·蓝（萨姆松——国境卡布库勒）

　　若想体验伊斯坦布尔的后街，若想欣赏使废墟具有偶然之美的常春藤和树木，首先你在它们面前，必须成为"陌生人"。

——《伊斯坦布尔：一座城市的记忆》

>> 蓝色清真寺（约 9276 公里）

离开萨姆松的第二天，烟雨蒙蒙。我登上海拔 940 米的山岭。"春到草自青"，极目远眺，花草树木吐新芽，处处春意盎然，美不胜收。

坐在田畦上休息，一位老大爷从我身边经过。

"Ssalamu alaikum（您好）！"我用伊斯兰方式和老人问好。

老人诧异地问道："你是做什么的？"

简单的自我介绍后，他热情地邀请我到他家过夜。老人的名字是查库鲁。他指着山坡上吃草的那十几头羊说："我傍晚才能回家。"

他让我先过去，并把地址和我的相关情况写在了小纸片上。

"把这个给我的家里人看，她们会好好接待你的，去吧。"

翻过一个小山丘，我来到查库鲁老人的家。他的家人看到纸条后，立刻把我迎进屋。老人的儿子名叫阿斯朗，他的朋友卡迪路也在。闲来无事，两个年轻人用拖拉机载着我到村子里逛了一圈。

发着轰隆巨响的拖拉机驶过泥泞的乡村小路，攀上了一个高坡。在坡上，我看见红瓦房顶的民居及远处绿意初萌的绵绵山脉。

因为阿斯朗和卡迪路还要赶到清真寺去做礼拜，太阳刚落山，我们就急急忙忙返回村子了。回到家，两个人用自来水认真地清洗了脸、鼻孔、嘴、手、胳膊、脚等部位，头部及脖子只是象征性地用水拍了几下。这是礼拜前的必做的准备。

"你想去的话，也洗一下吧。"

"我不知道怎么做，会不会被大家……"

"没事儿，跟着我们做就行。"

放羊归来的查库鲁老人也回来了。群羊归圈后，我跟着大家走去清真寺。脱掉鞋，走进铺着绒毯的清真寺。一袭黑衣的阿訇，已经准备就绪。他作为领拜者，也是这里的负责人。

"阿訇说你不能和我们一起做礼拜。"

"为什么？"

就在这时，阿訇走到我身边，他慢悠悠地和我解释道："我们信真主安拉，也相信穆罕默德，可是你不相信。你不是穆斯林，即便是做礼拜也没有什么意义，今天就暂且在后面看一看吧。"我以为伊斯兰教是具有开放精神的宗教，虽然不允许信者擅自退教，但是也应该来者不拒，可这个阿訇为什么这么顽固呢。

看着他们做礼拜，我不禁陷入了沉思。在伊斯兰这个共同体中，每个成员都有很强的集体意识与宗教自豪感。土耳其人经常和我提起伊斯兰教的创始人穆罕默德·阿里，还自豪地向我介绍某个美国歌手或者某个法国媒体工作者改信奉伊斯兰教。我记得萨姆松曾报道过某个日本人与当地伊斯兰姑娘结婚后改宗的事，我也曾被无数次劝说信奉伊斯兰教。由此看来，他们应该很欢迎外人的加入。

可是，为什么这个阿訇如此"无情"，要将我"拒之门外"呢？

当晚，包括阿訇在内，很多人来查库鲁家和我聊天。大家就我是否能参加礼拜展开了热烈的谈论。于我，礼拜已经结束，明天还要上路，讨论的结果便也不再重要。

伊斯坦布尔就在前方 100 公里处，在克鲁菲祖（Korufezu）郊外，我遇见了一位卖老花镜的大爷。

"你这是徒步旅行？"

"是的。"

"一天能走多远啊？"

"30 公里左右。"

"那还不如我啊，我一个老头子一天能走上 70 公里。我边走边卖老花镜，25 天就能横跨土耳其。你看，这是我自制的地图。"

大爷摘下挎在右肩的旅行袋，从里面掏出一条画有风景画的长卷，上面还写有注释性的文字。走过这么多国家和地区，土耳其人是最不能理解徒步旅行的。"为什么不坐车啊？""日本人那么有钱，坐飞机多方便啊！"对于这些疑问，我每次都要解释半天。在这里，我竟然能遇见一个和我一样的"异类"。将来的某一天，自己也会像他一样，人虽已老，但行走不息。

左边是白浪滔天的伊兹米特湾，右边是绿树葱茏的连绵山脉。这一带几乎没有住家。我将帐篷搭在一个果树园中。大雨滂沱，帐篷随风左右摇摆。划破夜空的闪电突然闯入，为这黑夜点上一盏明灯。我点上一支烟，啜饮着啤酒，静听着外面的风声雨声，品味雨夜中的安详，任思想的野马驰骋于过去与将来。

马上就到伊斯坦布尔了，我有一个新发现。沿途经过的城市名字最后一个字都是"村"。土耳其的这些城市也许以前是一些小村落。和日本现在的新宿、涩谷相似。在现代城市未出现之前，这里应该别有一番风景吧——白色的羊群散步在绿色的丘陵中，马车或驴车轧出的一道道车辙蜿蜒曲折地向伊斯坦布尔延伸……

高速公路车流量激增，一辆辆车从我身边呼啸而过，留下阵阵汽车尾气的"硝烟"。我战战兢兢地靠着路边走。

博斯普鲁斯海峡阻挡住了我前进的脚步。两岸分属欧亚两洲，但景色十分相似。草地、树丛、高楼、小屋。罗马帝国和奥斯曼帝国遗留下来的巍峨王宫，傍水耸立，古堡残垣，矗立岸边。在海峡的中段，两岸各有一个14～15世纪的古堡，像一对威武的雄狮，昂首挺立。海峡的自然风光与历史古迹相映成辉。

博斯普鲁斯在希腊语中是"牛渡"之意。传说古希腊万神之王宙斯，曾变成一头雄壮的神牛，驮着一位美丽的人间公主，从这条波涛汹涌的海峡游到对岸。海峡因此而得名。博斯普鲁斯海峡是沟通欧亚两洲的交通要道，也是黑海沿岸国家出外海的第一道关口。公元前5世纪的波斯帝国国王大流士一世率领军队西侵欧洲时，曾在博斯普鲁斯海峡上建造了一座浮桥。东罗马帝国时期十字军东征时，曾乘船渡过这里，直逼耶路撒冷。

海峡上两座跨海大桥都只允许机动车通行，我只好坐船通过。30分钟后，客船顺利到达埃米诺努栈桥。我终于到达伊斯坦布尔。伊斯坦布尔可是世界上唯一一个地跨欧、亚两大洲的城市。伊斯坦布尔有过很多个名字，受统治者的文化、语言和宗教所影响。"拜占庭"、"君士坦丁堡"这些旧名仍然被某些国家使用着，也曾被称为"新罗马"或"第二罗马"。

前方就是苏丹阿合麦特老城了。这里是伊斯坦布尔的历史、文化、旅游中心，也是背包客的聚集地。电车轨道旁是一条细细的石子路，路旁出现越来越多用石头建成的老房子。和日本古都——京都一样，历史的积淀得以保存下来，让伊斯坦布尔成为传统与现代完美结合的大都市。世界闻名的古迹——苏丹阿合麦特广场也坐落于此，它被蓝色清真寺及苏菲亚寺庙环抱着。纪念碑的西南侧可以看到大竞技场的弯月形墙壁遗迹。拜占庭时代，这里曾是战车竞技场和市民中心。

来伊斯坦布尔，怎能不看蓝色清真寺。看寺内简介：这座清真寺的正式名称为苏丹艾哈迈德清真寺，但因寺内墙壁自其高度的三分之一以上，全部使用了蓝、白两色的伊兹尼克磁砖作为装饰，上面刻着丰富的花纹和图案，故又被称为蓝色清真寺。

听说，建造蓝色清真寺未使用一根铁钉，建筑结构严谨，历经数次大地震安然无恙。仰望一个个巨大的圆形穹顶，阳光透过 260 扇小窗户的彩色玻璃照射进来，金蓝交灿，美得令人窒息。

从清真寺出来，我在广场附近找到了一个旅店，是一个老式三层小楼。开门迎接我的是一位大婶，她把我领到了顶层的一个阳台式小房间，透过玻璃窗，可以远眺蔚蓝的博斯普鲁斯海峡以及对岸的亚洲区。夕阳下的博斯普鲁斯海峡如诗如画，美不胜收，一艘白色渡轮划着优美的水线徜徉在海湾里。

土耳其伊斯坦布尔·博斯普鲁斯海峡

>> 戏剧人生（滞留）

　　五月中旬的伊斯坦布尔已经入夏了。最高气温已达 25 度，午后的阳光很是刺眼。只有迎面而来的海风不断地为人们送来清新和凉爽。在伊斯坦布尔，有两种食品让我印象深刻，一种是土耳其薄饼[1]，另一种是鲭鱼三明治。锡尔凯吉车站附近的一家土耳其薄饼店和加拉塔桥附近的一家鲭鱼三明治店我都常去，味道可是无可挑剔的。

　　伊斯坦布尔最繁华的街道当属独立大街了。它位于欧洲区北部，始于加拉塔塔，终于塔克西姆广场，长约 3 公里。"独立大街"名字的由来，据说是为了纪念土耳其独立战争的胜利。

　　马上就要进入东欧，我需要去伊斯坦布尔塔克西姆广场的大使馆办手续。折腾了几次，终于办好了。我便在附近的公共汽车站等车。无数黄色出租车行驶在大街小巷，而等了很长时间的公共汽车，却一辆都没有进站。

　　等车的人渐多，其中一位男士问我："你是日本人？"

　　"是的。"

---

[1] 一种用薄饼裹上奶酪或者芝士的食品。

"是在旅行吗？"

"可以说是吧。"他身材稍胖，穿着时尚夹克，会说一口流畅的英语。

"你这是要去哪儿啊？"

"回埃米诺努，我在那儿住。"

"那我们一个方向。我想打车走，你和我一起吗？公车还不知道什么时候能来呢。"

坐上出租车，他告诉他名叫穆罕默德，是一个警察，今天休息。明年他要和爱人一起去日本观光，让我给他介绍几个好玩的地方。快到加拉塔塔时，他邀请我和他一起下车去坐坐。

"这附近有一家非常不错的烤肉店，这可是导游指南上找不到的。怎么样？和我一起去尝尝？"

穆罕默德骄傲地说道："土耳其烤肉属于土耳其菜系，是世界上三大菜系之一，又名清真菜系。正宗土耳其烤肉用的是牛羊肉、鸡肉和鱼肉，再用十余种调料对肉进行浸泡腌制。最后用旋转式的烤肉机，烤熟后把肉从烤肉柱上一片片削下，佐以沙拉等配料。真是美味至极。"

听他这么一诱惑，没吃中饭的我，毫不犹豫地答应了。

出租车通过加拉塔桥之后右拐，沿着金角湾一直向前行驶。周围已是人烟稀少的山区，旁边的金角湾也变得越来越窄。慢慢地，路边出现了卖羊的集市以及数家烤肉店，经过一个牛羊屠宰场后，车速慢下来了。最后，车停在了一家高级的烤肉店前。

坐下之后，穆罕默德熟练地点好了烤肉。除此之外，还点了一瓶土耳其拉克酒。

"这是土耳其最常见的一种酒，大家都喜欢喝。不过对于你来说，可能比较冲，我给你处理一下。"

穆罕默德将一块餐巾纸卷成细绳状插到酒瓶中。纸卷都被酒完全浸湿之后，他用打火机将露出瓶口的那部分点燃。据他说，这样酒精可以完全挥发掉。其实，这是他将安眠药放入酒中的伎俩。我当时完全被蒙在鼓里的。

和我聊天的过程中，他总是旁敲侧击地打听我把钱放在什么地方。穆罕默德的言行举止让我起了疑心的，如果要是我当时起身离开，应该就不会发生后来的"惨剧"了。可是我当时并没有这么做。我天真地认为光天化日之下不会出现什么危险。就是这种想法，让我自己走上了一条"不归路"。

三小瓶拉克进肚，浓浓的睡意袭来。我还傻傻地认为这是空腹喝酒或天气炎热所致。

在默罕默德的催促下，我摇摇晃晃地走出烤肉店，坐上了一辆黄色出租车。紧紧地抱着背包，我随着车身的摇动而昏昏欲睡。迷迷糊糊中，穆罕默德把我摇醒，扶我下了出租车，他又将我推到了一辆白色小货车的副驾驶座上。我深知处境险恶，可我的身体已经完全不受控制了。

终于恢复了意识，我发现自己躺在草地上。我下意识地摸了一下缠在腰间的钱袋——里面已是空空如也。

"大村一朗你个蠢蛋，被下了迷药还不知道呢。"

腰袋中 5000 美元的旅行支票、15 万日元的现金、背包中的单镜头反光式照相机、钱包中的美元纸币被席卷一空。裤兜中的护照还在，真是不幸中的万幸。我想要站起来，可身体还是绵软无力。觉得一阵恶心，歪着头一阵狂吐。缓了一会儿，我坐起来戴上掉落在身边的眼镜。原来，我被扔在了高速公路的路边。一辆辆车风驰电掣般地呼啸而过，却没有一辆愿意为我停留。正嘘叹的时候，一辆警车停在了我的身边。

"你在这儿做什么？"

我想站起来，可腿脚还是不听使唤，站起来又倒下了。冷漠的土耳其警察肯定是把我当成醉鬼了，开着车扬长而去。30分钟后，我终于能够站起身行走了。我摇摇晃晃地走进附近的一家饭店，店里的中年男人一脸戒备地看着我。

"这里……是……什么地方？"

"啊！？"

"帮……帮我报下警。Police！"我像喝醉了一样，发音含混不清，对方听的也是云里雾里。

"出去！快滚！"男人把我轰出店。

"帮我叫一下警察！"

"滚！别和我啰唆！"

男人试图把我推出去。和他推搡的过程中，我突然打了他一个巴掌。他被彻底激怒了，转身拿起一根木棒揍我一顿，木棒折了他都不肯罢手。被坏人抢走了财物，还被人打了一顿，我像一只丧家犬，拖着血迹斑斑的身躯边走边哭。

"喂！等我一下！我爸爸让我领你去警察局。"

哭得正伤心时，那男人的儿子叫住了我。到警察局等了五个小时竟然都没人搭理我。半夜11点，我找到一个警察，正想和他说说我的遭遇，却被他扯搡到门口。

"你坐这个车去另外一家警察局吧！这里没法处理你的事情。"

一辆小型客车把我拉到了另一家警察局。那里，终于有人听我说话了。报完案，那里的警察给我拿来了晚饭和茶水。那一晚，我是在警察局里度过的。第二天早上，我被领到了一个规模较大的警察局。我向警察描绘了穆罕默德的长相，和他的作案手法。那个警察拿出一个文件夹，啪啦啪啦翻了一阵，拽出一个人照片给我看。

"是这个家伙吧。"

"对，就是他！"

"他是一个惯犯，我们都抓了他四次了，其中有三次是因为抢劫日本人。"

"能抓到他吗？我的钱都被他给抢走了。"

"能。"

"需要多长时间？"

"我们也无法确定。当然，我们会尽力而为的。"

据说这里曾经发生过无数起抢劫事件，手段都是迷晕游客。有的日本人因为喝下过量的迷药，差点儿送命。有的日本人因为戳穿了对方的骗局，被殴打得面目全非。和他们相比，我还算是比较幸运的。

在日本领事馆，我把事情的经过做了简单说明。然后，我又去银行重新开通旅行支票。最后返回昨晚的那个警察局办理了事故证明，用来办理被盗相机的保险。

被盗的 15 万现金，估计是没有办法再追回了。这对最后一段欧洲徒步行肯定会有很大影响的。最让我心痛的是这些钱几乎都是父母和姐姐赞助我的，他们以祝贺生日或压岁钱为理由时不时给我邮钱，有时还直接将钱塞进信封里，随信一起邮到各国大使馆。

夕阳如血，开往埃米诺努的渡轮还没有起航。就在半个月前，我也是在这个位置兴奋地眺望着伊斯坦布尔欧洲区。我曾经那么向往这个地方，可现在想走却不能走。

人生，就是这么具有戏剧性。

事情已经过去 4 天了。一个人独处时，我就变得无比心酸。没有怨恨着谁，只是受困于异国他乡感到极其无奈。我每晚都雷打不动地去一家日本人钟情的小店，整个饭店店内店外只有四张饭桌，菜品有烤鸡、杂烩等八种。我会从中选一种，然后再吃些免费面包。这里之所以吸引日本人，，一是因为菜品美味且便宜，二是因为店主诚信不欺客。

今天，店里没有其他客人。店主小哥话不多，但是总是笑呵呵的，手里没活时，他就站在门外吆喝着揽客。已是晚上10点多了，可行人还是络绎不绝。吃完饭后，我一边喝茶水，一边看小哥揽客。

这时，两个黑人大高个走了过来。小哥热情地邀请他们进店吃饭，两人漠然地笑了笑，向另外一家店走去。不一会儿，两人又转回来了。小哥当然不想错过机会，还是笑呵呵地用英语大声召唤着他们。尽管一直被两人无视，小哥没有放弃。在两个黑人面前，他是那么地"矮小"、那么地"卑微"，可他用他的笑容和韧劲儿将两人成功地留在了自己的小店里。想做好生意真是不容易啊！

归途中，我特意观察了一下周围的人——水果店忙着收摊的店主、小酒馆前蹲着聊天的三个男人、戴着老花镜读着报纸的老人、坐在汽车旁低着头默不作声的男人、西餐馆内谈笑风生的人们、路上散步的夫妻、车站等待着电车的人群。每个人都经营着自己的人生，思考着如何生活。

在外国生活久了，会有一种强烈的自我意识。你会不断地思考自己是从哪里来，每天做什么，你与身边其他人有什么不同。慢慢地，我自己都把自己当作一个"老外"。

在我来之前，他们就在这片土地上生活。我离开之后，他们仍然会在这片土地上继续繁衍生息下去。我的到来与离开，对他们不会造成任何影响。他们依旧日出而作，日落而息。我不再"痴痴"等待警察给我带来什么好消息，而是毫不留恋地离开了。

>> "早安"少年（行约9421公里）

雨后道路湿滑，行人稀少。在清晨的大雾中，我离开了苏丹阿合麦特地区，重新踏上了熟悉的高速公路。突然，一阵莫名的恶寒让我全身不停地颤抖。呼啸而过的汽车轰鸣声又让我回忆起那个令我终身难忘的下午。蔚蓝的天空下昏迷不醒的自己、骗子那张脸、小店老板挥舞的大棒……那天的人，那天的事，像幻灯片一样一页一页地闪现在我的脑海。强抑着眩晕感与呕吐感，我默默地一路向前。

海边是一望无际的大草原，成群的牛马徜徉其中。低云从头顶缓缓飘过，走过几个山丘后，我心中的压抑感慢慢消去……路边出现一个破旧的加油站。我刚放下背包，里面就走出一个身穿工作服的男青年。

"想在这儿搭帐篷露营，可以吗？"

"没问题，当然可以了？先进屋吧！"男青年非常热情地把我迎进屋里。

"我叫大村一朗，请多关照！"

"别客气，我叫早安。"

"早安！这名字很喜庆啊！"

"我们土耳其很多人都叫这个名字。"

"是吗？我来土耳其也有四个月了，还是第一次遇见叫这个名字的人。"

他把这个废弃加油站改造成了一个修车厂，每天靠修车营生。这个小房间，空间狭小的，摆满了车胎、修理工具以及油压机等。我们正聊着天，一个过路的司机就过来找"早安"修车了。"早安"的工作强度不小，每隔30分钟左右就会来一位客人。有换胎的、有打气的，还有加油的。

作为一个伊斯兰教信徒，"早安"还要忙里偷闲地做礼拜。傍晚的礼拜结束之后，他又骑上自行车，赶到附近的超市去买东西。回来之后，他开始为我准备晚饭。锅里放上黄油，他将准备好的青椒、鸡肉、土豆一次性放进去，稍稍翻炒后，再加入番茄酱。充分翻炒后，加水加盐，然后盖上锅盖。除了这锅炖菜，"早安"还特意做了一道沙拉凉菜。

夜幕降临时，"早安"终于可以悠闲地坐下来和我吃饭聊天了。"早安"今年26岁，明年就要结婚了。他想在四五年之后建立自己的大工厂。现在的修车工作，就是为了这个目标做准备。相信勤奋善良的"早安"一定能实现他的梦想。

第二天早上和"早安"道"早安"时，我觉得这个名字真的太适合他了。在清晨见到这个开朗、善良、天真无邪的小伙子，每一个人都会由衷地和他道声"早安"。

临出发前，"早安"告诉我他的哥哥也做修车活计，就在我行进路线的前方。他塞给我一张写给他哥哥的纸条，让我经过时一定坐下来喝杯茶。

"好。"我应允道。转身和"早安"道别。头顶的太阳无情地炙烤着大地，我已经汗流浃背了。阵阵微风拂过原野，也给我带来惬意的清凉。

我到达的特尤鲁（Tyoru）是人口超过7万的内陆城市，但气质却朴实无华。我走到城市的中心广场。这里有很多背着工具箱为人擦鞋的少年。他们熟练的手法、与客人讨价还价的伶俐劲儿，让我觉得他们是那么的帅气。从另一个层面上说，这是他们踏入更严酷的大人社会之前的经验积累。

虽然当天我穿的是一双新鞋，但我还是坐下来请一个小孩子给我擦一擦。不一会儿，我身边聚过来一堆孩子。其中一个孩子貌似是他们的小头头，他让我给他们一些小费。

"不给。"

"那给我一支烟吧。"

"你今年多大了？"

"我都 19 了。"

"19 岁了啊，那给你一支吧。"

其他孩子看到我给他们的"头目"烟了，都凑过来嚷着让我给他们一支。

"不行，你们还未成年，不能吸烟。"

"这个还给你吧，我其实不吸烟，只是想和你开开玩笑。"

这个孩子又把烟还给我了。其他孩子也不去找活，一直围在我身边和我闲聊。

"大哥，你会空手道吗？"

"当然会了。"

"那你给我们表演表演吧。"

几分钟之后，一个孩子找来一块两厘米厚的木板让我演示一下空手道，我试了三次才把那块木板一分为二。孩子们也许是看穿我了，站在那里哈哈大笑。这些脸上沾满黑乎乎鞋油的孩子们是那么可爱，甚至可以说是非常的"霸气"。和孩子们道别后，只要有机会，我就会和遇见的每一个人聊天。　想要珍惜与自己相遇相识的每一个人。

路边的深绿色的向日葵一列列一行行地挺立在大片大片的麦田之中。它们有一米多高，蒲扇般的大叶子不停地随风摆动。大约一周左右，它们就会开出美丽的太阳花了，但那时我已经离开土耳其了。

下午，我走到人口约 6 万的吕莱布尔加兹。吕莱布尔加兹现已成为土耳其的一个重要工业城市。路上，几个在清真店里喝茶的男人和我打招呼，他们说三天前曾经看见过我。听说我要找旅馆，其中一个叫慕拉特的中年人领着我来到郊外的一个小区。这是一个电器公司的家属住宅区，而慕拉特就是这个电气公司的职员。小区内除了一个设施完备的公民馆之外，还有一个条件很好的招待所。

"今晚6点有一个重要仪式要在这里举行，所有在这里住宿的客人都全部可以享受免费待遇。"

在我的追问之下，慕拉特告诉我这个所谓的重要仪式是为一个6岁左右的男童举行的"割礼"。我所住的房间配有独立浴室和卫生间。我把在中国买的白衬衫从背包中揪出来，简单洗了一下之后晾晒在窗台上。之后，冲澡、剃胡须、闭目养神，仪式开始前的两个小时，我也在做着精心的准备。

晚上6点，会场旁边的休息室坐满了成年人，他们边喝酒边聊天，显得饶有兴致。穿着盛装的孩子们绕膝而欢。慕拉特把我介绍给他的几个同事，我一起喝酒、聊天。听说我要步行通过保加利亚、罗马尼亚等欧洲国家，他们都为我的安危担忧。

"别的国家先不说，过罗马尼亚的时候一定要坐车。"

"对啊，一定要坐车。"在座的其他人都赞同地说道。之前也有很多人给过我相同的建议。但对我来说，坐车是不可能的。不过也得小心行事。

近7点，仪式快要开始了。有200多人到场，今晚的主角穿着正装，披着红色的披风，坐在一张双人床上。床上铺着绸缎床单，床边礼品堆积如山。大人们站成一列，依次和小男孩握手致意，我也是其中一个。

离开吕莱布尔加兹的第四天，我来到了埃迪尔内。在那里休息了3天，7月7日启程向国境卡布库勒进发。只剩下18公里了，我马上就要告别土耳其、告别亚洲了。

第四章 歐洲

西安　兰州　　张掖　骆驼圈子　　乌鲁木齐　　霍尔果斯　　哈萨克斯坦　吉尔吉斯斯坦　重回哈萨克斯坦

中国　　　　　　　　　　　　　　　　　　中亚

文明的外延

乌兹别克斯坦　　土库曼斯坦 伊朗　　土耳其　　保加利亚　　罗马尼亚　匈牙利　斯洛文尼亚　意大利

西亚　　　　欧洲

保加利亚

保加利亚原风景·夏（国境卡布库勒——国境友谊桥）

人是为了某种信仰而活着。

——[法国]雷纳·克莱尔

>> 乌鸦大餐（行约9614公里）

出了海关，兑换完货币，准备找家饭店吃饭。眼前的光景让我有些眩晕——饭店里的女孩子都穿着超短裙或紧身短裤，与伊斯兰世界中的女性穿着形成鲜明的对比。难道这是保加利亚女孩子们的着装习惯吗？或者整个世界正掀起超短裙的风潮？眼前出现的保加利亚男性们穿得更凉快——上身全裸，下身只穿一条大短裤。刚刚离开的土耳其同样也是酷暑天气，可几乎所有人都全身裹束在衣装里。宗教信仰对人们生活的影响之深，由此可见一斑。

一位露着纤纤细腿的女服务员拿着菜单让我点餐。

"给我来点儿煎肉。"终于吃到了久违的嫩煎猪肉。

离开商业区，周围变得寂静无声。同处于色雷斯平原地区，土耳其一侧是一片片农田，而这里却是茂密的林地与牛马成群的草原。道路两侧零星分布着几户人家，他们的院子里都搭着葡萄架，架下的篱笆上盘绕着果实尚青涩的西红柿秧。

斯维伦格勒距国境14公里。转过一个街角，出现了一片繁华地带——装潢时尚的餐馆以及咖啡店、排列整齐的附有遮阳伞的圆桌以及别致的座椅、其乐融融的一家人以及卿卿我我的青年男女。这一切，构成了繁华城市的风物与人情。

与伊斯兰世界不同，这里逛街乘凉的人们喝的不是茶，而是咖啡、可乐以及碳酸水。

脚下这条 E80 号公路由土耳其延伸过来，通往保加利亚首都索菲亚。我的签证还有 15 天就到期了，所以我选择由此北上，走最短路线到达保加利亚领事馆，距离大约 330 公里。这是一条有别于国道的乡间小路。

"你好！"赶着驴车或马车的农民们头上包着的毛巾，挥着手和我打招呼。他们的笑容让我备感亲切，疲惫的身体就像补充进了无限的能量。

小麦的收割已然结束，现在正是向日葵开得最漂亮的时候。一人多高的向日葵向着太阳仰起可爱的笑脸，为小山丘铺上了一层金黄的地毯。路边的野花开得五彩缤纷，樱桃树、苹果树、梨树也都是果实满枝。苹果和梨尚青涩，樱桃已经成熟变红。美丽的乡村风景、美味的樱桃，我多希望能在这里多待几天，但最终结果还只是 15 天的签证。

保加利亚·麦田野营

"1 个月？你到底要在这里干什么？规定是只能停留 15 天的。"保加利亚领事馆女职员的这句话又在我耳边响起。

那天，我尽了最大努力，可还是铩羽而归。我十分地懊恼，这么短的时间根本就无法了解保加利亚这个国家。眼前的风景：漫山的太阳花、麦田里齐整整的麦茬儿、随风飘来的夏天的甜美气息，让我爱上了这个国家，我别无他求了。

午饭是在路边小店吃的。经营者是土耳其裔人，他做羊肉汉堡比土耳其本地的更美味，沙拉里也加了很多粉状奶酪，据说是保加利亚最正宗的沙拉了。路遇的好些人都是说土耳其语，旅店的女主人、休息站的服务员。原来他们是奥斯曼帝国统治时迁居巴尔干半岛一带的土耳其人的后裔。当然，他们现在是拥有保加利亚国籍的保加利亚人。这天下午，第一次接触到一个斯拉夫系保加利亚人[1]。他摘下自家院子里的杏果，塞给了我。

看着不远处那起起伏伏的金色麦田，我不禁感叹道："这一带的景色真美！"

他扭头看了看，冷冷地说道："好看什么啊？都三个月没下雨了。"

他拧开身边的水龙头，无一滴水溢出。记得第一年夏天我走过了火热的河西走廊戈壁滩，第二年夏天我又行走于土库曼斯坦干旱的卡拉库姆沙漠。与之前的两个夏天相比，保加利亚的夏天是我记忆中馥郁光鲜的季节。这里是富饶且炫目的。但是，在干旱少雨的境况之下，当地人看到的却不会是"风景如画"了。

傍晚，我走到了一个小村子。看到母子二人，正放牧着 20 多头牛。

"现在几点？"女人用保加利亚语粗声大嗓地问道。这是一个头

---

[1] 白人的保加利亚人。

发黝黑、肤色浅黑、目光炯炯的女人，看模样应该不是斯拉夫系。

"你是土耳其人吧？"

"对啊，我是土耳其人。"

女人性格开朗，23岁了。她儿子今年6岁，是个异常顽劣的小家伙。听说我是从中国走过来的，母子惊诧地看着我，并邀请我到家里做客。孩子爸爸也在这一块放牛，跟着这一家三口，我来到了他们居住的村落。这一家人住在一个二层房屋里，院子很大。房子比较破旧，他们居住的只是二楼的两间屋子。男主人在阳台用石油桶烧火做晚饭。我和小男孩在院子里做起了游戏。孩子名叫阿罕穆德，从名字判断，他是一个伊斯兰信徒。

男主人将整只乌鸦放进煮沸的开水中，过了一会儿将其拿出，然后褪毛。再将光溜溜的乌鸦放进水中煮熟。掰开肉、撒上盐，一道乌鸦肉大餐就端上桌了。我没有吃乌鸦肉，我有一种心理抵抗感，并且不好意思和这一家人"争抢"他们的"美味大餐"。煮乌鸦时，女主人就一直念叨她们家里有多贫穷。吃饭时，男主人突然问我是否有枪或刀。

"刀倒是有一把。"

"多长的啊？"

"10厘米左右。"

"只有水果刀？路上遇见危险怎么办？"

我挥了挥手中的手杖，说道："那就用这个当武器。"

男主人把手杖拿在手中研究了半天，估计是想确认一下手杖是否暗藏刀剑。虽然房间里有足够的床位，几个人也极力劝我住在屋里，但是我还是选择在院子里搭帐篷露营。防人之心不可无。这可能是我的小人之心，但是不久之前的遭遇告诉我：旅途中凡事还是小心为妙。整夜未卧的我终于盼来了东方的鱼肚白，扔掉手中的手杖，能安心地睡一会儿了。

昏昏沉沉的走了一天，傍晚，我终于摇摇晃晃地来到了拉多雷柏（Radonebo）。来来回回地找着旅店时，坐在咖啡店里的四个年轻人对着我轻薄地吹着口哨。回头看他们时，四个人"唰"地转过身窃笑。这种无聊的恶作剧到第三次，我瞪着眼睛生气地走向他们。看我凶起来了，他们也都像霜打的茄子——蔫了。

"这附近有便宜点儿的旅店吗？"我心平气和地问道。看我并没有发火，他们舒了口气，聊起了帮我找旅店的事。跟着其中的两个男青年，我来到了城郊的体育馆，这里有运动员宿舍。他们说，我晚上可以住在这里。

两个人都是 20 岁，很健谈，对我也很友善。听说我要回城里吃晚饭，两个人特意陪我跑了一趟。保加利亚，满大街都是暴发户经营的酒吧式场所，没有发现一家平民饭店。酒吧内十分昏暗，各色洋酒陈列在吧台上。好在价格比较便宜，沙拉、面包、肉、啤酒搭配的一顿饭仅 1.5 美元。

两个年轻人担心我被敲竹杠，非常细心地帮我记着每道菜的价钱。我本打算邀请他们一起吃的，可被委婉地拒绝了。

"你们国家的月均收入是多少呀？"

"我们这样的年轻人，1 个月大概 10000 列弗。"

10000 列弗约 50 美元，所以保加利亚的国民平均收入大概是日本的 1/30。我这顿饭的总消费额大约是 4500 日元，在他们眼中，这应该算是一顿奢侈大餐了。

>> 第三罗马（行约 9853 公里）

来保加利亚，已经 6 天了。走在山路上，一辆载着两男六女的马车从我身边经过。马走出 20 米远后，停住了。车厢里的年轻人向我招手，用土耳其语招呼我上车。他们大约十五六岁，皮肤被晒得黝黑，行为举止豪放又不失朴实，更像是土耳其人。费了一番口舌，我终于把他们劝走了。

结果，在一公里远的前方，我发现他们在等着我。据他们说，离山路 50 米远的树林深处有泉水，他们招呼我一起过去打水，我以瓶里还有水为由拒绝了他们。实际上，我是担心他们在那么幽暗的树林里对我心怀不轨。

可等他们回来，一个女孩子还帮我汲来了一瓶泉水。他们还都是一帮小孩儿，我为什么要如此戒备？一股强烈的愧疚感喷涌而出。

"你结婚了吗？"

"从我们几个女孩里挑一个吧。哈哈。"

"好啊，选哪一个好呢？"我和她们开着玩笑。四个女孩脸微微红，举止变得拘谨起来。我觉得很有意思。分别时，我再一次拒绝了她们坐车同行的邀请，马车渐行渐远。突然，一个女孩喊道："你叫什么名字？"

178

听完我的回答，她也大声地自报家门。其他女孩也不示弱，大声喊出自己的名字。

"愿主保佑你！"

渐渐地，马车消失于林荫之中。知道他们是穆斯林的那一刻，我心中的阴霾竟奇迹般地散去了。伊斯兰教徒的身份竟给我一种不可名状的安全感，夜幕降临，小镇的灯火在远方闪烁，与夜空中的银河星系遥望着守候着。在晴夜清风中露营，仰望星空，感受时节的变换，惬意、舒心。

横亘在面前的巴尔干山脉，保语称"老山山脉"。它跨越保加利亚国土东西，山势险峻，是保加利亚最大的山脉，也是巴尔干半岛的主要山脉，为阿尔卑斯——喀尔巴阡山脉的延伸。承载着保加利亚的历史，见证着它发展的现在和成长后的未来。深受保加利亚人爱戴。

我沿着溪谷逆流而行。阳光从浓密森林的叶缝间投射下来，很是刺眼。林中空气湿冷，树木的香气让鼻子微微痒。路上，偶尔能看见一些修建于奥斯曼土耳其帝国统治时期的古老给水设施。混凝土及砖头加固的斜面上嵌入细铁管，山水潺潺流淌。据说是当地有钱人为了回报社会而出资修建的。一是为了方便路人饮用；二是方便伊斯兰信徒在礼拜前清洁身体。我在保加利亚三大古都之一——大特尔诺沃，停留了两天，拜访了很多历史文化古迹。大特尔诺沃，历史上曾是保加利亚首都，是保加利亚最有名的旅游胜地之一，自居为"第三罗马"。

天空飘起了蒙蒙细雨。雨中的山林益发僻静幽深，岩石绝壁之上，一座僧院浅露身影。

森林尽头，是一片片的麦田和和向日葵田，浓雾中向日葵向我露出了大大的笑脸。我笑着回应着，心情大好。我在庭基恩。

村落遇到一个土耳其裔男性，希希曼。他敦厚善良，邀请我到家

179

里住一晚。希希曼家是二层小楼，院子里种着葡萄树、杏树，角落是一个猪舍。希希曼夫妻俩有两个女儿，一个8岁，另一个3岁。夫妻二人交流时，说土耳其语，但和孩子们说话时，使用的却是另一种语言。

"你们是土耳其人吧？"我试探性地问道。

"不是，我们是庭基恩人。"

我还是第一次听说这个种族。希希曼说：几百年前，他们的祖先从印度迁移而来。庭基恩语是他们的母语。我逐渐意识到，他们应该是罗姆人，即吉普赛人。

记得在伊斯坦布尔，我遇见过一个吉普赛土耳其人。有一天，一个卖绒毯的指着一个男人和我说："你看，那人是吉普赛人。"

在伊斯坦布尔，有很多吉普赛土耳其人。他们皮肤较黑、五官立体、衣着破旧。吉普赛人[1]，这个称呼来自英语词——"Egyptian"（埃及人），却不特指埃及人，或许是挪揄中世纪欧洲那些肌肤浅黑、举止粗俗、言语怪异的人吧。绒毯店老板究竟是根据什么就认定那个人是"吉普赛人"呢？在我的追问下，店老板慢悠悠地说："他们是从印度来的。"

据此，"罗姆人"则可以定义为：几世纪前由印度迁居而来的人，说土耳其语，在保加利亚，也被称为"庭基恩人（Tinngene）"。

我继续问道："既然你们的母语是庭基恩语，为什么你们夫妻俩说土耳其语呢？"

希希曼回答道："因为我们是伊斯兰教徒，所以必须说土耳其语。

[1] 吉普赛人（Gypsies）亦作 Gipsy，吉普赛语称罗姆人（Rom）。深色皮肤的高加索人，原住印度北部，现遍布世界各地，尤以欧洲为主。大多数吉普赛人讲吉普赛语（Romany），一种与印度北部现代印欧语密切相关的语言；也讲各居住国的主要语言。一般认为，吉普赛人经屡次迁徙，离开印度，11世纪到波斯，14世纪初到东南欧，15世纪到西欧。20世纪下半叶，吉普赛人的踪迹已遍布北美和南美，并到达澳大利亚。吉普赛人自称罗姆人（"男人"之意），称非吉普赛人为加杰人（"外人"之意）。

保加利亚九成左右的人都是基督教徒，但是伊斯兰教徒也为数不少。我们时常在清真寺举办一些规模较小的祭祀活动。在这种场合，除了《古兰经》里的词句，我们全都要用土耳其语。土耳其语是保加利亚伊斯兰教徒们宗教的正式用语。我们的祖先可能是在横渡土耳其时，或是生活在奥斯曼王朝统治时期，才皈依的伊斯兰教。不管是哪种可能，我们的伊斯兰身份和土耳其有着密切联系。即便是保加利亚作为基督教国家独立之后，我们也没有脱离伊斯兰教。"

原来，会说土耳其语的保加利亚人不一定是土耳其裔。

饭后，希希曼领着我出去转了转。每遇见一个人，希希曼都会告诉我这是土耳其人或是庭基恩人。希希曼告诉我：这一带虽然有土耳其人和庭基恩人，但是大部分都是保加利亚人。希希曼领着我来到城郊的贫民窟。

"我觉得你也应该看看我们穷人的生活。"

顺着希希曼手指的方向，我看到了一排排低矮的木板房和破落的砖房。大人们坐在路边的长椅子上闲聊，孩子们则在泥泞的路上肆意奔跑。家家之间没有明显的界线。人和人聚在一起，同呼吸、共命运，形成一个不可分割的共同体。他们都是庭基恩人。

希希曼又领着我去市中心，平整的街道、林立的大厦，与刚才的光景截然不同。城市中心区住着的是斯拉夫人，外围一带住着的是土耳其人。在保加利亚，种族隔离问题十分严峻，不同人种，居住在完全不同的区域。

在一户人家的入口处挂着一块长 50 厘米、宽 30 厘米的黑布，布的中心附有一个黑绳系成的蝴蝶结。黑布后面挂着两张相片。身披丧服的老妇人告诉我们：去世的是她的丈夫和儿子。得知我是一个徒步旅行者，她抱了抱我，又亲了亲我的面颊，嘱咐我一定要注意安全。

到家时，天已全黑了。那天晚上，希希曼的大女儿希尔卡拿出小学课本教我保加利亚语。她用两只手支着可爱的笑脸蹲在我身边认真地指导我。我一旦发音不准，她就像老师一样非常严厉地帮我指出来。从基里尔文字的字母到单词，最后还唱起了歌，这场教学活动持续了一个小时，直到"小老师"睡着，而我这个"大学生"终于可以入睡。

罗姆民族的移动经历了几个世纪的分散性迁移，为了养家糊口，他们或作为冶炼工；或作为土木建造者；或作为音乐演奏者浪迹于各地。他们不得不忍受来自"优越者"的蔑视与欺凌。即便这样，他们民族的语言和文化却一直沿续至今。

"小老师"希尔卡的可爱模样已给我留下了深深的烙印，她未来的丈夫应该也会是庭基恩人吧！

离开巴尔干山地，切换到起伏的丘陵地区，徒步之旅还在继续。

这些天酷热难耐，断水严重。只有昨日稀稀拉拉下了一点儿雨。路上的自来水管没有一滴水，饮用水宝贵如甘霖。路边的向日葵耷拉着脑袋，没有精神。花瓣都蔫儿了，硕大的花盘低下了头。这几千、几万株打蔫儿的向日葵仿佛是一大群僵尸。

慢慢地，太阳西斜。还有 17 公里就到鲁塞了。登上最后一座山丘后，我看见了期待已久的多瑙河。暗绿色的多瑙河两岸树木茂盛，深流缓缓。她的北岸就是辽阔的罗马尼亚大地了。和山地丘陵遍布的保加利亚不同，罗马尼亚几乎都是平原。阳光从云层之间斜射下来，罗马尼亚大地显得斑驳朦胧、暖意融融。道路渐宽，我来到了鲁塞郊外。顺着这条道路前行，即可到达鲁塞市区。

鲁塞人口 20 万，是保加利亚第四大的城市。商业街十分繁华，巴洛克风格的建筑鳞次栉比。街上行人很多，时常有玩轮滑的孩子穿行而过。从鲁塞到横跨多瑙河的国境友谊桥距离仅 9 公里。7 月 2 日，我离开鲁塞,沿着多瑙河畔西北向的林荫路进发。终于顺利到达国境友谊桥。桥端的保加利亚海关前已经排成了长长的车队。长度约 4 公里的友谊桥不允许步行,我只能打车了。

一辆土耳其的巴士停在眼前。一个乘务员下车去海关办手续,我忙凑上去问他是否能搭我过桥。

"过桥啊,那快上车吧。"忙着办手续的乘务员立刻同意了。

终于坐上了车,可车内的情景却让我有些愕然——后半部近 1/3 的座位都被撤掉了。几个白人睡在那里,身体铺着毛毯。乘务员告诉我:他们是跑国际长途的,起点是伊斯坦布尔,终点是莫斯科。这趟车已经走了 640 公里。乘客主要是去伊斯坦布尔采购的俄罗斯人。

每经过一个检查点,乘务员都要下车提交过关文件。我以为会有人上车检查护照,不料,巴士却离开了保加利亚海关,开始上桥了。怎么办?看着一根根后退的桥索,我惊慌失措。没有在保加利亚海关办手续就上桥,这不成了非法出境吗。被罗马尼亚那边发现的话,会不会被遣返回保加利亚呀。

大桥上堵车了,巴士每前进一步都非常困难。车窗外,多瑙河碧波荡漾,罗马尼亚近在咫尺。30 分钟后,巴士终于通过了友谊桥。在罗马尼亚海关处下车步行,不出几分钟,我就被巡逻的士兵带到了海关。我的担心并没有起作用,海关人员看了一眼我的罗马尼亚签证,很干脆地给我盖了印章,允许我入国了。

检查站的横杆轻轻抬起,罗马尼亚,我来了。

罗马尼亚

罗姆奇遇·记（国境友谊桥——国境巴鲁塞安）

普通人很难和吉普赛人交朋友。

——[美国]罗伯特·詹姆斯·沃勒

>> 来自罗姆人的威胁（行约 9953 公里）

道路两边，树木郁郁葱葱。久尔久市出现在我的视野中。

"Buna ziua!"我用这句罗马尼亚语和遇到的每一个人问好。他们都会愉快地回应着。

路边坐着很多卖杂货和蔬菜的"罗姆"族大婶。岁月无情，在她们绛紫色的脸上刻下一道道深深的皱纹，可她们既和善又乐观。

这个城市给我的第一印象，非常之好。走在路上，还有人和我耳语道："这附近很乱，你一个外国人要多加注意啊！"

晚霞似火，霎是壮观。夕阳余晖、广阔大地以及大婶们的笑颜，这些罗马尼亚的风物人情深深地刻在我的脑海中。这次的签证是一个月。这样的时间长度，到达邻国匈牙利是没有问题的。我计划了一个路线：先顺着多瑙河平原向西北进发，然后越过横亘在罗马尼亚的特兰西瓦尼亚山脉，再到匈牙利盆地。

通往首都布加勒斯特的 80 国道，车流量大，而我决定走支线 65 号国道。这条国道人少，路况不是很好，周围是草地和田地。下午，我走到布莱芬（Burafin）村。罗马尼亚正教堂的银色小尖塔清晰可见。

走着走着，一个中年男子向我招手。我们握握手，没有过多的交谈，

罗马尼亚·司拉布和薄荷酒

他就将我领到他家。他叫司拉布，到家后，他将一套桌椅摆在院子里的葡萄架下，拿出酒和饮料，将瓶内的绿色液体斟满酒杯，将其中一杯递给了我。尝了一口，薄荷味很浓，是烈酒，但是口味纯正，甘爽有余香。

我饥肠辘辘，借着酒劲儿说想吃点儿饭。那人用手势让我"等一下"。5分钟之后，他回来了。手里拿的并不是饭菜，而是书信和相片。是一个骑自行车旅行的法国青年给他们寄来的，他曾经在他家留宿过。看来是一户热心的人家。

这个男人沉默寡言，不苟言笑。已经60多岁了，头发花白。因为喝了点儿酒，黝黑的脸上微微泛起了红晕。慢慢地，他的话也多了起来，饶有兴致地谈起那个法国青年司拉布的事。聊到高兴处，他发出阵阵爽朗的笑声。岁月留下的印记，便在他的脸上清晰起来。

他家还有一个约100平方米的大院子，院子中央堆放着一些农具和干草，其余空间是猪、牛、驴和鸭子等的活动场所。这些小动物仿佛是他的家庭成员，他一一介绍着他们。牛和驴甚至还有名字呢，那头驴叫"哈桑"。伊斯兰教教徒如果听说了，估计会气疯吧。

"哈桑"脖子上的绳子被解开后，它在院子里来回狂跑。我从来没有见过这么能撒欢儿的驴子。

"看到有贵客来，它也高兴。"司拉布半开玩笑地说。

回到葡萄架，一桌子饭菜已经摆好。有面包、汤、煎荷包蛋和沙拉。他妻子很热情地招待着我。我不胜酒力，头重脚轻，直打瞌睡，司拉布劝我去屋里休息，我没有推辞。三室一厅的屋子，房间布置得比较朴素，每个房间都有一个衣柜大小的陶制火炉。傍晚时候我才睡醒，发现司拉布还在葡萄架下喝薄荷酒。我坐到桌子边，他马上给我倒酒。原来往酒里放的不是水，而是伏特加酒。

司拉布心情很好，给我弹起了手风琴。我拿起相机给他照相，他让我等等，跑回屋穿了一身西装走了出来。让我去大院，他把牛和"哈桑"撵到了一块儿，然后说："来吧，给我们合个影。"看着镜头里的司拉布，我差点儿笑出来。心想穿得如此板正，却要和牛、驴一起入镜。

我们喝酒聊天直到天黑。夕阳西下，天气转凉。我们把酒席转到了室内。很自然，晚上我留下来了。晚饭是炸土豆和沙拉，还有玛马利格（Mamariga）。玛马利格是罗马尼亚的特色食品，由玉米面蒸制而成的，呈海绵状。晚上，我就睡在客厅的沙发上。睡前，女主人还给我拿来了牛奶。

早晨，清新的空气迎面吹来。我收拾行李准备出发了，他们塞给了我面包、西红柿以及块状奶酪。

"一定要给我写信啊！"司拉布伸出右手和我告别道。

这是来罗马尼亚的第三天，可我却感觉已经走了很久了。走着走着，我突然发现路边停着一辆带篷子的马车。一个小孩和中年妇女躺在里面，底下铺着干草和毛毯。就在旁边，一个中年男人正放牧着拉车的几匹马。看起来应该是一家三口，而且肯定是罗姆人。罗马尼亚是东欧范围内罗姆人人口比例最高的国家，占总人口的1.8%，将近有两千人。他们还和古代一样，仍然坐着大篷车游牧。

走了一会儿，后边传来马蹄声，正是刚才遇见的大篷车。

"你要去哪儿啊？"孩子妈妈先和我说话了。

"我要去意大利。"

"这样啊，我们要去布加勒斯特。"

知道我是徒步旅行者，他们没有勉强我上车。马车渐行渐远了。

每个人心里都会有抚慰心灵的"乡"音，这"嘎哒嘎哒、咕噜咕噜"的马蹄声和车轮声似乎已经成为罗姆人几个世纪漂泊四海遗唱下来的摇篮曲。

我沿着乡村之路继续前行。走到一个村子，一个村民提醒我说："不要顺着这条路往前走了，很危险的。你还是右转走别的路吧。"那个人用手势告诉我：前面有人抢劫殴打过路人。

难道有传说中的山贼？我没有太在意他刚才的话，继续前行。走了一会儿，一辆卡车停在我旁边。司机提醒我前面很危险，有强盗，让我搭车一起走。难道真的有人在光天化日之下拦路抢劫？这究竟是一个什么地方？我的好奇心战胜了理智，径直向前走去。

就要进村了，一台小汽车驶入了村里。突然有两个人影冲到车前。汽车喇叭尖锐地响起，但是车速并没有减，反而是将两个人猛地撞倒之后飞驰而去。看来这个村子确实有问题。我一边观察，一边慢走进村。走进一个商店想买冷饮，被告知没货。店里的大婶劝我坐车通过这里。我很想知道到底是什么让人们如此恐慌，和大婶聊了起来。从她的陈述中，我也只是听出来"围殴"、"扒光衣服"这几个词语。

一会儿工夫，我身边聚过来许多大人和小孩。他们饶有兴致地听我们说话。又有四个目露凶光的男孩儿向我们靠近。大婶明显很厌恶这几个男孩，高声喝斥着让他们走开。几个小孩竟然露出凶相，口出恶言。阿姨气得脸通红，挥着我的手杖把他们撵走了。

"您说的危险人物，指的是他们吗？"阿姨被气得不轻，气喘喘地点点头。

不就只是四个小屁孩儿吗，搞得大家那么紧张。不一会儿，十几个坏孩子向这边走来，来势汹汹。大婶再次起身训斥他们，臭孩子们开始向我们扔石子了。一个男人被砸中了，气冲冲地奔向他们，一帮人开始仓皇逃窜。有个坏孩子回身冲我喊道："你敢过来我就杀了你。"那个孩子一边叫嚷、一边做出切喉的动作来。和他们对峙，我就是"独虎难敌群狼"，这可怎么办？不管了，先填饱肚子再说。我从背包中取出干巴巴的面包吃起来。

"你只有这个吗？"

善良的大婶看不下去了，让她的孩子给我拿来一盘切西红柿。道谢后，我就吃了起来。另一个男人拿来香肠，两个大婶又拿来暄腾腾的面包和奶酪。看着盘子上的"美味"，我双手合十谢过大家，便开始大快朵颐。看我吃得那么香，大家也都露出了由衷的笑容，你一言我一语地提着问题。虽然语言不通，但是我们的交流非常顺畅，欢笑声一阵高过一阵。不知不觉，周围的人又多了起来，刚才那帮"坏孩子们"也猫着腰钻了进来，他们的小头头还用刚学过的英语向我提问。我并没有冷落他们，听到我的回答，他露出"受宠若惊"般的灿烂笑容。

盘中的食物都被我消灭后，我重新启程。大人们都散去了，我身边只剩下那帮"坏孩子"了。他们将我围在中间，一边走一边七嘴八舌地问这问那。我听不太懂，更不知怎么回答为好。其中也有死皮赖脸向我要钱的孩子。

就这样，在一帮"坏孩子"们的包围下，我艰难前行。走了约500米后，四个老婆婆"出手相救"，大声喝斥孩子们离开。说来也怪，顽劣难缠的孩子们竟然听从老婆婆们的话，四散而去。

"我们这么帮你，你得给我们点儿烟抽啊！"

四个老婆婆像约好了一样，一起伸手向我要烟。一根一根地递过去后，我竟然又被她们拉拽到大门口。刚坐下，呼啦啦地又围过来一帮人。这次几乎都是女性。一个16岁的女孩懂英语，有了这个小翻译，我和周围人进行了一番"愉快的交流"。女孩说：她们都是罗姆人，而且是基督教徒，没有人会说土耳其语。这么说来，那些"坏孩子"应该也是罗姆人吧。之前我听说的"危险人物"，应该还包括这些罗姆大人。

可我觉得这些所谓的"坏人"们都很单纯、善良。我当时还真打算到一个老婆婆家留宿。翻译女孩突然用英语和我说道："你一定不要住在那个人家里。她可危险了。"

危险……危险……到底哪里危险了。

"你是说这个老婆婆是坏人吗？"

"对，我就是这个意思。所以，你千万不要在这儿住。"

"你说危险，到底有什么危险呢？"

"那些人有可能把你杀掉。"

我非常吃惊，老婆婆眼窝深深，黑色大眼睛里饱含温情与善良，她怎么会取我性命？但是，小姑娘所说的"kill"（杀死）像一把尖刀深深地刺进了我的心中。这个女孩也许不是罗姆人，她的话也许是对罗姆人的歧视——一种充斥在街头巷尾的排斥和恐惧。

"你家在哪儿？"我问道。

"那边。"她一边指着说道。

女孩儿好像误会我的意思了，问道："你想住我家吗？欢迎你去我家。"

"到底去不去啊？"小姑娘追问道。

既然左右为难，不如抽身而退。告别大家后，我重新开启了自己的征程。慢慢地，路上变得静寂如初。一对老夫妇看到我，招呼我进院，给我倒了杯咖啡。

"你们也是茨冈人[1]吗？"我冒昧地问道。大爷摇摇头。

"但是这附近茨冈人好像很多啊！"

大爷告诉我：这里已经是罗马尼亚人聚居区了。茨冈人大多住在我刚才经过的那个区域。进入罗姆人居住区后，确实有人向我要过烟，可看到我只剩下最后一根时，没有一个人拿走它。在中亚，可以凭借最后一支烟来判断一个人品质的好坏，以此为基准，罗姆人并不都是世人眼中的小偷、抢劫犯。我应该相信她们的。只是我还有机会再次来到这个带给我无限欢乐的村子吗？低头看了一眼手表，才发现在这个村子停留了四个多小时。

罗马尼亚女性

---

[1] 罗姆人的别称。

>> 人性的弱点（行约 10162 公里）

脚下的 65 号线与高速公路汇合了。走了两天，到达布代什蒂。我选择了 E15A 线，又是一条村路。在一户农家前，一位老人和小孙女坐在长椅上，他招呼我进院休息一下。老人精神矍铄，小女孩活泼可爱，我和爷孙俩一边啃着玉米，一边聊着旅途中的见闻。小女孩的哥哥回来了后，我们的话题却完全不同了。

"你们日本人是怎么看待罗马尼亚的政治和经济状况的？"

"哈？"没有任何思想准备，我一时语塞。他用英语重复了一遍1989 年，罗马尼亚发生政变。那之后，日本媒体就极少关注这个国家了。了解这个国家的人也少之又少，我也一样。

"我不太了解这方面的情况。"实话实说之后，女孩哥哥又接着问道："那你怎么看你走过的这些地方的？"

"为什么要问这个呢？"

"我想了解一下外国人对罗马尼亚的看法。你看我们现在的自由是真正的自由吗？是真正的民主吗？是真正的市场经济吗？我们国家是否真的已经步入正轨？"

"我们日本的民主主义制度虽然已经实行了 50 年，但与其他国家相比还有很多不足。实现自由和民主不是一蹴而就的，你们国家刚刚实行 7 年，肯定还需要时间去磨砺的。但我认为你们国家已经步入正轨。"

临走前，女孩哥哥将他的收信地址告诉了我，让我到达意大利之后，一定写信告诉他那里的所见所闻。

傍晚时分，我走到了一片山地，针叶林处处可见。这是多瑙河平原和特兰西瓦尼亚区的交界处。我向着传说中的吸血鬼之乡——特兰西瓦尼亚地区进发。日薄西山之际，我发现一台高级轿车，旁边四个衣着光鲜的男人站在村中的公用水井旁喝水。

"你也过来洗洗吧，很清爽、很舒服。"

"你这衣服不错啊，在哪儿买的？"其中一个人觉得我的夹克和裤子是稀罕货，摸个不停。一个人听说我是日本人，做出一副萍水相逢实属幸运的样子，拼命地抱着我的肩膀、捧着我的面颊以示亲善。后来我才知道，这四个人是在团体作案，趁我不注意将我的钱包偷走了。在他们启动汽车即将逃走时，我才注意自己被盗了。

"不要走，浑蛋！"

我挡住汽车，一个闪身打开车门坐了上去。我厉声命令他们"还钱包"，他们竟然笑嘻嘻地还给我了。真是人模狗样，穿的光鲜漂亮，开着高级轿车，吃香的喝辣的，却做出偷钱的勾当。为什么偏偏这帮人能成为有钱人呢！接过钱包，我没有消气，挥起手杖劈头盖脸地打过去。村里人发现这边出事儿，很多人都跑了过来。司机踩油门想溜，我赶紧跳下车。他们开着车落荒而逃。

"被偷了？"

村里人虽然不知道事情的原委，但看到我们争斗的场面也能猜出一二了。他们肯定不会善罢甘休，说不定会开着车回来找我报仇。想到他们手里还有枪，我心里有些害怕，想赶快离开这个是非之地。

周围是静得让人头皮发麻的密林，不见一处人家。我找了一处平坦且落叶很厚实的地方搭帐篷。一整夜，只要有一点儿"风吹草动"，我都会从睡梦中醒来。

蜿蜒曲折的山路上有很多修路工人。他们统一穿着黄马甲，热情地和我聊天。村里卖水果的摊主也毫不吝惜地把桃子李子塞满我的衣兜。休息时，我把它们都吃光了。吃饱喝足后，睡魔袭来。不知不觉我竟然靠着大树睡着了，直到黄昏才醒过来。

这么一耽搁，走到布鲁迪亚（Burutya）天就完全都黑了。于是，我给昨天遇见的罗密欧打电话，不一会儿，他就带着4岁的小儿子来接我了。

第二天，我在他们的住处补写了落下的日记。傍晚，和他们一家三口去公园散步。公园里的广场俨然成了年轻人的天堂，音响里播放的舞曲响彻云天，他们在尽情享受着青春。吹着凉爽的晚风，我们坐在露天咖啡馆里看电视、喝啤酒。虽然不知道电视里在演着什么，但我还是目不转睛地盯着屏幕。

"这是个巴西电视剧，主人公是吉普赛人。"罗密欧在旁为我讲解道。

"一百多年前，他们就开始陆续移居南美。"

我不相信吉普赛人在一百年前是迁居至南美的。应该是被追赶到那里或是作为殖民地发展所需的劳动力被强制性地带过去的吧。电视剧的主人公看起来很有钱，这说明漂泊到南美的吉普赛人应该是比较富足的。

回公寓途中，我发现一个修女行走在昏暗路灯下。夜幕下，拖着颀长身影缓慢前行的修女显得那么神秘。当我看清她的面容，我吃惊地差点儿喊出来。她竟然是三天前我在布代什蒂街头遇见的那个修女。

"我在布代什蒂见过那个修女。看来她们是四处游走为教堂集善资啊！"

"是啊。不过修女和教堂是没有关系的，她们是在修道院活动。"

村民每年都会支付善款，以维持村中的小教堂。这种形式似乎是捐赠或是义务，但更像是一种风俗习惯。乡村教堂筹集的资金中有一部分需要提交给罗马尼亚总教堂，用来发展全国教会事业和救济穷人。剩下的资金就是用于教堂的运营和发展了。因为钱来源于民，所以他们有权罢免不合格的神父。

和教堂相比，大多数寺院都远离人烟，独处山中，没有稳定的资金来源。因此寺院修道僧人要走出大山，游走于城市的大街小巷去筹集善款。得到的善款独立支配，不受监管。

"那个修女看模样应该是茨冈人吧？"

"不可能。茨冈人都没有什么信仰。"

"不会吧，我遇见的罗姆人可都说自己是基督教徒啊！"

"呵呵。这样说吧，他们看到周围人都是基督教徒，就简单地认为自己也是基督教徒。如果附近有天主教会，她们就会变成天主教徒。如果有新教教会，她们马上也会成为新教徒。他们没有任何信仰，只是贪婪地索取。一朗，你一定要记住，不管他们对你有多好，千万别掉以轻心。"

罗密欧对罗姆人的厌恶以及歧视可见一斑。但是罗姆人真的是有所企图吗？难道不是一种防止侵害而甘愿同化的自卫手段吗？大多数罗马尼亚人都鄙视、恐惧罗姆人，所以时常以其为异教徒而加以迫害。

"你看那边。那是吉卜赛有钱人家的房子。"

顺着罗密欧指的方向，我发现那里有一座很威风的城堡式豪宅。它与周围建筑格格不入，高冷地俯视着俗世。与此相对，周围的人们嫉妒并蔑视地仰视着它。罗密欧的毒舌更是让我深深感觉到罗姆人与当地人之间的对立关系。

国道 E81 号线沿着奥尔特河挺进深山，并向北部的古都锡比乌延伸而去。河水淤塞较多，除了河流本身水流不畅之外，常年施工给它带来了不好的影响。行走山中第二天，我遇到了一辆载着六个罗姆男女的马车。

"能给我们点儿吃的吗？"一个人和我说道。

"我还饿着肚子呢。"

"我们这儿有面包，分给你一些吧。"

马车停了下来，他们都下了车。虽然自己有面包，也会向别人乞讨食物。但知道对方饿着肚子，就会把自己的面包分出去，这种做法确实挺让人费解的。也许这就是几个世纪以来，罗马尼亚人和罗姆人一起生活却互不相容的原因所在吧。正聊着天儿，我的额头突然受到重创，我倒在了地上四脚朝天。那些罗姆人慌忙跑过来扶起我。一边齐声说着什么，一边用手指着一台高速驶离的白色大型货车。就在那一瞬间，坐在副驾驶的人又向拿起一个东西砸向我。不，应该不是要打我，而是那些罗姆人。

我的额头砸出了一个大包，罗姆人都在安慰我。这点儿小伤不是问题，我更同情罗姆人的境遇。罗姆人性格豁达、生活质朴，可是有太多的罗马尼亚人在用有色眼镜看待吉普赛这个群体。

从中世纪开始，人们对罗姆人的歧视就没有改变。在纳粹大屠杀中，罗姆人和犹太人一起被送到毒气室。一些投机取巧敛财的恶人们将责任转嫁给罗姆人，让很多人误认为罗姆人是靠社会福利为生的，他们是国家经济不景气的罪魁祸首。这直接导致蒙在鼓中的普通市民对罗姆人极其仇恨，甚至有一些"愤青"火烧罗姆村落。与其说罗姆人习惯漂泊，不如说他们成为"历史的罪人"而被迫流离失所。

走在路上，额头上的剧痛让我对那帮人的罪恶行径愤懑不已。忽然，山中出现了一座寺院，围墙高高耸立，两扇大门厚重大气。门没有上锁，我推开了门。

"有人吗？"

我本来只是想参观一下，没想到应声出现的修女老婆婆误以为我肚子饿了，把我领到僧房里，让一个年轻的修士为我准备饭菜。

之后，修士领着我去参观殿堂。为了感谢她们的热情招待，我特意拿出 3000 列伊 [1]，想将其投入殿堂的功德箱。可是，修士遮住了箱子投入口，只从我的一沓纸币中抽出一张 500 列伊。

寺院修士们的所作所为让我觉得这个国家还是有希望的。这里还有很多正直、善良的人。如果这里的罗姆人也能被认同、被接纳，那该是一件多么令人欣慰的事情啊。离开那个寺院，我又开始了自己的徒步之旅。我在芦苇丛生的奥尔特河的河床上搭上帐篷宿营。河面上浓雾缭绕，河床上的我，全身黏糊糊的。

第二天，我走到了地区的中心城市——锡比乌。锡比乌是由 12 世纪以来迁居此地的商人开拓而发展起来的，市中心中世纪风貌的老店铺鳞次栉比，拥有面积达 10000 平方米石砖铺的大广场。咖啡馆和餐馆比比皆是。伯尔切斯库大街上有一个"私人房间"中介，我想探寻下住处。

所谓的"私人房间"就是近几年在苏联以及东欧等地发展起来的家庭旅店，租给外国旅行者。中介大叔马上给签约的家庭旅店打电话并帮我谈妥了价钱，每晚 7 美元。我来到了大广场后街的一处平房。房主是一对慈祥的老夫妇，孩子们都已经成家。现在只有老夫妇二人住在这里。

肚子咕咕叫得厉害，放下行李，我马上就去街上寻食。穿过大广场，我找到一处热闹的街区。水果鲜亮、蔬菜水灵、猪肉新鲜、腊肉整洁。活禽区鸡叫鹅鸣、面包店香味四溢、汉堡牛肉饼香气袭人、火辣辣的阳光夹杂着众人身上散发出的热气。

就在这时，一缕奇特的香味飘来，定睛一看，原来是角落里的一个小店正在熬汤。点了一份罗马尼亚的特色菜——牛胃汤。正喝得满头

---

[1] 约 100 日元。

大汗，一个穿着皱巴巴西服的中年男性低声下气地让我给他留点儿汤。他不仅求我一个人，还和周围很多食客说了同样的话。虽然我喝得意犹未尽，但还是为他留了一些。给打火机充了燃气，啃着油炸面包，我原道返回了旅店旁边的大广场。

大广场旁边是一个小广场，周边散布着无数座教堂和博物馆。一座14世纪建成的福音教堂里，有一架多达6200根管的管风琴。我进去时，一场演出正好开始了。坐在长椅上，我闭目聆听着音域宽广的管风琴演奏。有一种静谧与愉悦感，和在清真寺里听着阿訇唱经而进入的冥想状态是一样的。余音袅袅，祭坛上方的基督磔刑图，栩栩如生、刻画细致。

最后，我拜访的是布鲁肯陶尔国家博物馆。它作为罗马尼亚最古老、最优质的博物馆而广为人知。原本，这是只是18世纪一个名叫布鲁肯陶尔的男爵的私邸，馆内展示的是他所收集并使用过的家具等。装饰着华丽枝形吊灯的洛可可风格展厅，让人们能充分了解当时的贵族生活。绘画展示厅，罗马尼亚画家的作品也在附庸风雅。各色绅士和贵妇在画中搔首弄姿，甚是无聊。怪不得手头的旅游指南盛赞这个博物馆的同时，还加上了一条前置语：除了绘画作品。

在一幅幅画作前走马观花，而一幅罗姆少女肖像画却让我长久驻足。女孩，12岁，穿着破旧黑衣，披散着一头乌发，手牵一只小狗，雀跃于草原之中。飘扬的黑发和阳光般的笑颜充分展现出罗姆少女野性十足的魅力。画技的优劣姑且不论，我被画中那清纯可爱的少女所深深吸引。与其他画框中的华装艳服贵妇人相比，这个罗姆少女是那么鲜活靓丽。

我的眼前仿佛出现这位罗马尼亚画家与乡村罗姆少女偶遇并被其吸引的场景。他虽然知道自己以罗姆人为描绘对象危险系数多高，但内心的感动让他过滤掉这些噪声，而把最真实的罗姆女孩之美表现在画中并送到人们心中。

>> 橡树之城（行约 10482 公里）

　　锡比乌，特兰西瓦尼亚地区的橡树之城，建于 8 世纪前，是日耳曼民族集中区。这里是罗马尼亚爵士之都，也是欧洲文化之都。中世纪古城的景观依稀可见，有古老的城堡、珍贵的文物，随处可见的中世纪民俗风情。进入特兰西瓦尼亚后，路过的每个村落都非常安静。这条路是罗马尼亚和匈牙利首都布达佩斯之间的最短路线。挂着外国牌照的国际运输货车和豪华轿车往来不断，废气轰鸣而过。家家户户都建有 3 米高的大门，如城门般厚重。朝街的窗户还挂着铁帘。沿路的高门铁窗也是无奈之举。

　　到了傍晚，路上的行人多了起来，有出来乘凉的，也有去小卖店购物的，就连白天密闭的铁扇窗也被打开，有凭窗远眺的村民。

　　经过赛贝什，景色优美的穆列什河流域就展现在眼前。沿着河向正西方走 200 公里，就可以到达罗马尼亚通往匈牙利的西大门——阿拉德。走到那儿，匈牙利就不远了。

　　夕阳西下，浓雾升腾，阴森森的。这时候，前方传来叮叮当当的铃声。原来是一个牧童赶着一群羊走在路上。黑暗之中，我们简单地打了个招呼就各自赶路了。

踩着石头，我过了河。找到了合适的宿营地。半夜，一阵寒意袭来，大雾还未散去。峡谷上方挂着一条白亮亮的银河。早晨，明媚的阳光从密密层层的绿枝间透射下来。森林因朝露的点缀而晶光闪闪，路上还留着羊群深深浅浅的脚印。一路上，偶尔还能看见与男人一起辛苦劳作的女性工人。风吹日晒后，她们皮肤黝黑、眼神愈发明媚，散发出一种独特的魅力。

"请问去布拉德是走这条路吗？"我问道。

"不是啊，布拉德在那边。跟我来吧。"

我们顺着田畦走了30米，蹚过一条小河，穿过一片树林。就这样，走了大约1公里，那个男人对我说："从这一直往前走就行了。"

顺着一条蜿蜒曲折的小路，我来到了一个小村子。炊烟袅袅，鸡鸣鸭叫，家家户户的院子里都很干净整洁。路遇一个老大爷，他让我去家里吃晚饭。家里的老奶奶戴着圆圆的黑框眼镜、披着围巾，非常和蔼可亲。老夫妇的家里两间卧室，里面铺着木质地板，走在上面时发出的咚咚声勾起了我对祖国日本的怀念。

晚饭时间到，桌子上有罗马尼亚随处可见的梅子白兰地酒（用梅子制成的蒸馏酒）、面包片（由直径达30厘米的大面包切成）、风味鸡蛋饼（自家的土鸡蛋，铺上一层厚厚的自制腊肉 [1] 块），还有花椰菜和西式泡菜。老夫妇家的地下室里，储藏着6瓶泡菜和3大缸梅子白兰地酒。我就像是重返故里的游子，接受着老夫妇慈父慈母般地关爱。第二天早上，与年迈的"父母"依依惜别后，顺着山间小路，我向着山脚处进发。

路遇的罗姆人，大多喜欢向人乞物。这究竟是为什么呢？如果生活在城市，乞物是可以理解的，为了谋生。可是，在这样民风淳朴的乡

---

[1] 腊肉在罗马尼亚被称作"司拉尼那"，90%是白色脂肪。一般是切成小块与面包一起食用，口感像是奶酪，有浓香烟熏味儿。

村里，这就比较耐人寻味了。"乞讨无罪"，是罗姆人的一种特殊性，是他们跨越几千公里、穿越几个时代的流浪所形成的性情。

终于穿越森林，来到丘陵地带。收割完毕的牧草地中到处都是蘑菇状的草堆。农家的淡红屋顶为绿色的丘陵增景添色。每个小村都会有一座教堂，教堂屋顶上的银色尖塔在红色屋顶的掩映下闪闪发光。

就在这一天，我走到了国道边上的布拉德。如果继续前行的话，可以到达与匈牙利接壤的奥拉迪亚。奥拉迪亚，因为位于匈牙利的边境，是通往西欧的大门，一直以来经济都较为繁华。但是我决定先去另一个国界城市——基希内乌克里什，这是我在罗马尼亚的最后一段行程。

傍晚时分，我遇见一个小女孩。她叫艾斯特拉，今年12岁，长着棕色头发，深眼窝、高鼻梁，看起来很聪明。她家就在前面，我们一边聊一边向前走。

"你今天晚上就住在我家吧。"

"那得和你父亲商量一下吧？"

"我觉得应该没问题吧。"

我正要跟她进院，她突然停下脚步说："不知道我爸爸他……"

我感受到了她的顾虑，和她握了握手，就重新上路了。刚走了100米，小女孩又从后面追上来了。

"我爸爸说让你去我家住。"

她气喘吁吁地拉着我的手，把我领到了自己家。院子里没有篱笆，正房的外墙没有刷漆，砖墙外露破桶空罐乱糟糟地堆在院子里。女孩儿爸爸不善言辞，不过很是热情地让女孩妈妈快点儿给我准备饭菜。女孩妈妈叫来20岁的大女儿过来帮忙。算起来，这一家兄弟姐妹应该有七个人。

从他们偏亚洲人的长相及家庭环境来判断，我觉得他们应该是罗姆人。可我却得到了否定的答案。

"我们是罗马尼亚人。不是茨冈人，不用担心。"

晚饭他们为我准备了汤、面包和腊肉。饭后，孩子们把我团团围住，8岁的小儿子拿出吉他央求我为他们演奏。我不会弹吉他，只是咚咚地敲出节奏，但孩子们张着小嘴听得很认真，并不断地为我鼓掌加油。

艾斯特拉从正房拿来床单和枕头套，帮我铺好床。晚上，虽然火炉还有余温，但风不断地从厨房外墙的木板缝隙之间吹进来，厨房里变得越来越冷。但我的内心却是暖意融融。

特兰西瓦尼亚的群山慢慢地淡出了我的视野。现在，眼前是一望无际的大平原。它不像荒原那么萧瑟，也没有草原的那份温润，只是一片干干的草坪，偶尔可以看见寂寞开放着的几朵白花以及形单影只的几丛灌木。

蓝天下，几头牛、几匹马在平原上低头食草。一种幸福感油然而生，让我禁不住仰天大笑。距离国界巴鲁塞安大门还有25公里。地平线的那一边就是匈牙利了。

阿夫拉姆等级村。兄弟姐妹七人

匈牙利

欧洲之心·水（国境巴鲁塞安——国境雷迪奇）

多瑙河岸边／择一高处／独自／什么也想不起来地坐看夕阳西下（奥地利）

——［中国］木心 《我纷纷的情欲》

>> 多瑙河畔（行约 10779 公里）

匈牙利位于欧洲内陆，多瑙河冲积平原，倚山傍水，山清水秀。偎依着著名的阿尔卑斯山脉，傍着举世闻名的多瑙河。多瑙河把匈牙利划分为成东、西两部分。地中海气候与大西洋暖流盛行，冬暖夏凉。匈牙利是发达国家，人均生活水平较高。

通向首都布达佩斯的 44 号公路沿途几乎都是麦地和玉米地，偶尔有一些小树林，远处的地平线是烟雾蒙蒙。这一带就是绵延多瑙河东岸数百公里的"匈牙利大平原"。远在几个世纪前，从东方迁居此地的马扎尔人（被历史学家认为是匈牙利人的直接祖先）曾经在匈牙利大平原上驾马自由驰骋。那时，这里被称为"荒野"，是匈牙利独特的风景，现如今，已经被大片的机械化农园所取代。

一路走过来，没有看到特别贫穷的农家，也没有遇到贫困的罗姆农户聚集区。其实，匈牙利有近 50 万罗姆人，占总人口的 5%。他们主要居住在匈牙利的北部、东北部和中部的蒂萨河流域和南特兰西瓦尼亚地区。地点并没有偏离我的行走路线。可我竟没有发现穷苦的罗姆农村，或许当地的罗姆人已经融入到匈牙利人的生活中了。

展开精心设计的匈牙利全景地图，会发现上面标有的 300 多个露营服务点。匈牙利经济富足，国土面积和日本北海道相当，这几天来我一直过着舒适的夜间露营生活。走了5天，来到凯奇凯梅特。它是匈牙利的第八大城市，始建于公元4世纪，以产蜜糖、白兰地酒闻名，也是水果、蔬菜种植中心。整个城区也被葡萄树、桃树、苹果树以及玉米田点缀得葱葱翠翠。中央大街周围集中着无数长廊和壮丽的建筑物，为这个城市添色不少。

我来到自由广场。石板铺就的广场上矗立着建于19世纪初的天主大教堂，旁边还有"新艺术"与匈牙利民族特色相融合的市政府建筑。

人群中走动着40多个少女，都留着齐眉刘海儿短发，颇为引人注目。她们来到广场中央，围着领队老师排成三排。领队老师拿出一根指挥棒，在空中划出一道漂亮的弧度。少顷，少女们如颂歌般的合唱声响起。我愣住了，她们唱的竟然是日本歌曲——《樱花谣》。

曲终了，一阵热烈的掌声响起来。她们应该是日本人，来这里修学旅行。我的思乡之情变得愈发浓烈。

入境第九天，我走进了布达佩斯市区。布达佩斯，是匈牙利首都和全国最大城市，也是主要的政治、商业、运输中心。有"欧洲之心"、"多瑙河明珠"、"自由之都"、"温泉之都"等美誉。布达佩斯是由多瑙河两岸的布达和佩斯两个街区构成。从跨河大桥上能看到西岸的布达王宫以及东岸的佩斯街景。流淌其间的多瑙河河水如湖水一样的平静，河流宽达有五六百米，架着几座独特桥梁。

这里交通系统很发达，出行可以选择地铁、市公交，无轨电车，电车等交通工具，因为运营商是同一家，可以使用通票。一张车票的价格为50福林（大约40日元），和土耳其票价相当。

第二天早上，一个女人听说我要在布达佩斯观光，用手语表示要和我同行，她叫欧如咖，是秘鲁人，身形瘦小，脸圆圆的，像是印第安人。

她打算今天先在布达佩斯逛逛，然后经由奥地利去瑞士苏黎世见朋友。

我和欧如咖去了布达的景点"王宫之丘"。"王宫之丘"位于多瑙河西岸，南北全长 1.5 公里，高约 60 米，是一座石灰岩性质的山丘。所谓的"王宫"和老街至今还保留着中世纪的原貌，就在这座山丘之上。

一个小型巴士载着我们从莫斯科广场直接驶入"王宫之丘"的老街中。石板铺就的街道两边是一排排的小房子，这里曾经是旧时商家百姓经商起居的地方，虽外观未变，但内部已经改装成了土特产店、餐馆，或者是博物馆和艺术品陈列馆。这条老街文化氛围浓厚，漫步其中，很是舒服惬意。山丘下就是滔滔奔流的多瑙河，河对岸的佩斯街景像是一幅清新淡雅的水墨画。

"我要买去瑞士的大巴车票了，你能陪我去吗？"我点点头。

走下"王宫之丘"，穿过多瑙河，我们来到了佩斯。很快，我和欧如咖就到了国际汽车中转站。去瑞士的车一周只有两班，又正值夏季高峰期，每班车都是满员状态。欧如咖要走也只能等到八天之后了。

"我们去国际高速公路，搭车过去。"欧如咖一脸轻松地说道。

我领着欧如咖到了离欧洲高速路最近的一个加油站。在停车场，果真有几辆国际运输车。可是事情没有我们想象得那么简单，一个小时过去了，没有一个人愿意让欧如咖坐顺风车。

"欧如咖，你还是坐火车吧。"

"不行的。肯定会在海关那儿被查出来的。"

原来，她没有去奥地利和瑞士的签证，之所以要搭车，是想要蒙混过关。

"没有签证，在哪个国家都不可能顺利出入境。你还是去办一下签证吧。"

她一脸不情愿地点了点头。第二天，我们被大使馆工作人员告知非匈牙利居民不能办理签证。

　　"还是放弃吧，瑞士你是去不成了。"

　　不管我怎么样好言相劝，欧如咖还是一意孤行，非要买国际大巴的车票。看来她是不撞南墙不回头了。果不其然，事实证明，没有签证，国际大巴的车票也是买不到的。

　　欧如咖来来回回地尝试了很多次，可每次都是失败而归，无功而返。

　　"明天还要继续？"

　　欧如咖点点头，然后欲言又止。还没等她开口，我狠心地说道："明天我就不陪你了。"

　　最终，我没能帮她实现任何愿望。第二天，我离开了旅馆，再次来到了王宫之丘。王宫现在由历史博物馆和国立美术馆构成，国立美术馆的展品大部分都是匈牙利画家的画作，作品很好地展现了匈牙利绘画艺术。19世纪之前，匈牙利绘画艺术都是以宗教、民间传说或者贵族生活为主题的。19世纪之后，画家把目光投向了平民，刻画他们贫穷的生活、乡村风情以及罗姆人的生存状况。几乎每张画里都包含动人的故事，痛失爱人的女子、与幼子相依为命的农夫、单相思的年轻女孩……也有很多的肖像画，画中人是画家的恋人，或是母亲、女儿。画作中可以窥出画家笔尖流动着的浓浓爱意。还有让我为之着迷的风景画：草地上一堆堆的枯草；平原上一口孤零零的空井；罗姆人的露营帐篷；贫困破败的村落；村中的民居……

　　这一个世纪前的匈牙利画面，竟然和罗马尼亚以及保加利亚的风景有惊人的相似性。换言之，现在的罗马尼亚以及保加利亚即为欧洲大陆的原风景。

　　进入九月份，天气转凉，一叶落而知秋已到。

>> 匈牙利之海（行约 10985 公里）

　　我的匈牙利下半段征程开始了。我沿着 70 国道向西南的巴拉顿湖行进。

　　巴拉顿湖是一个长 77 公里，宽 14 公里的细长湖泊，是中欧最大的淡水湖，有"匈牙利之海"的美称。这里景色秀丽，自古以来就是远近闻名的旅游胜地。旺季时，会有成千上万的西欧各国游客涌向这里。巴拉顿湖的北边是一片连绵不绝的山岗，山坡覆盖着葡萄园、玉米地等，一条条小路隐约其间。

　　山路旁的村落民房有一个巨大的三角屋顶。村子里很是安静。我感觉到这个国家的不同：公共汽车站的长椅、商店里的货物、孩子的着装、国道边的自行车专用沥青路、从我身边飞一般通过的山地车……处处体现着这个国家的富足与先进，颠覆了我对东欧国家的印象。

　　这一晚，我在离这个村子大约 1000 米的树林中"安营驻扎"。天气凉爽、空气湿润，周围的虫鸣就像优美的催眠曲，在我耳边轻轻地回响。

　　突然，两声奇怪的动物哼叫声传入我的耳鼓，惊得我骨碌一下从地铺上坐起。

　　可以确定声音应该是发自某种大型动物。牛？野猪？都不是，应该是熊！

不管是熊还是野猪都是极其危险的。听声音，它离我大约有 100 米远，不一会儿，50 米处，传来两头野兽的低吼声。我毛骨悚然。这可糟了，一下子来了两头！

我急忙起身把衣物胡乱地塞进背包，帐篷连着长杆一起折叠，想尽快逃离了这个是非之地。我拖着两条战战兢兢的双腿向路边挪动。终于来到了公路上，心底的恐惧仍不断催促着我快步"逃窜"。

人家灯火出现在 500 米左右的前方，我长舒一口气。从那边穿过来的声声狗吠声也让我有了精神依靠。在这儿宿营，应该没问题了。

两天之后，在淅淅沥沥的小雨之中，我终于跋涉到了巴拉顿湖最西端的凯斯特海伊。湛蓝的巴拉顿湖面，烟雨蒙蒙。从凯斯特海伊出发，一路向西 3 天即可到达边境，途中要翻越几座山脊。

晚霞似火，染红了附近的玉米田，让我这个独行者沉醉其中。天空开始飘起了小雨，东边的山岗上空生出一道金桥似的彩虹，七种颜色交织在一起，相映生辉，很是壮观。徒步旅行，还是第一次看到彩虹，算是匈牙利馈赠给我的离别礼物吧。

今天是我滞留匈牙利的第三十天，事实上，匈牙利既没有让我失望，也没有给我惊喜，匈牙利人与我也没有"亲密"接触，我就要苍白地离开这片土地了。回头望望来时路，只有盛夏般的阳光和蓝天在为我送行。

斯洛文尼亚

朝圣之路·咽（国境雷迪奇——国境卡萨罗萨）

在午后阳光照耀下的大教堂里，旁边有天使在鸣叫。

——[斯洛文尼亚]阿莱西·希德戈

>> 中世纪风貌（行约 11284 公里）

斯洛文尼亚位于阿尔卑斯山脉南麓，西邻意大利，是欧洲的一个经济实力强国，生活水平高，物价是匈牙利的 3 倍。

入境的第四天，我走到普图伊。这是一座保留着浓厚中世纪风貌的温馨小城，有希腊神话中著名歌手俄耳甫斯纪念碑及城堡、中世纪教堂等。石板铺就的小路边排列着一些老店，店前都有精致的招牌。自然、清新、不落俗套，是我对这个斯洛文尼亚小城的第一印象。

城里有一座建于 9 世纪的古城，外部保留着古朴的建筑风格，内部已变成博物馆，展示着各种武器、乐器以及美术品。有一整面墙挂着几张巨大的肖像画，上面画着的都是奥斯曼土耳其的历代领袖苏丹，这让我有点儿惊讶。苏丹统治时期，被称为帝国历史上最黑暗的时代，史称"暴政时期"。苏丹的劣行暴政罄竹难书：恢复专制制度、建立恐怖统治、迫害少数民族……

在保加利亚以及匈牙利，只要绘画中出现土耳其人，一定都是残虐无道的侵略者形象。而在斯洛文尼亚，苏丹的肖像画却被珍藏着。

"这些肖像画是一直就挂在这里吗？"

"对啊，这是城主的收藏品。"

211

"斯洛文尼亚没有被土耳其侵略过吗？"

"没有。"

站在古城高处向下望，铺着暗红色片瓦的三角屋顶建筑物遍布城市之间，绿树簇拥的德拉瓦河云雾缥缈，水天一色。

天空阴沉沉的，大雨将至。我背着行李奔向下一个城市——斯洛文尼亚东部的采列。

嗅着树木的芳香，看着农家房顶升腾起来的袅袅炊烟，听着老牛低沉的哼鸣声，我走在缓缓的上坡路。山脊处矗立着一座哥特式教堂，尖耸的屋顶直指天空。第二天，是安息日，没有超市开门，所有人都去教堂了。

从布达佩斯出发后，雨一直伴随着我。在雨中我走进了采列古城。"采列"这个名称源自古罗马时代。城中，古城墙以及文艺复兴时期的宅院随处可见。古朴只是采列的一种风情，此外它还是一座繁华热闹的花园城市，郁郁葱葱的街道旁，繁花似锦。下着雨的城市步行街上还散落着撑着伞的情侣，就像是爱情电视剧里的场景。

雨水将我淋成了落汤鸡，我逆着人流向郊外走去。离卢布尔雅那还有 70 多公里。卢布尔雅那是斯洛文尼亚共和国的首都，也是国家的政治、文化中心。满身泥浆、步履蹒跚，我想象得到自己的惨状。可不知为何，我笑了起来，精神上无比放松，全身充满了力量。

寒气袭人的清晨，呼出的白色雾气透露着丝丝寒意。

晨霭之中，我沿着湿滑的沥青路向卢布尔雅那进发。斯洛文尼亚之后，便是意大利了。这宣告着我的丝绸之路即将结束。结束也是一种开始。我整理好心情，期待与未知的前方来个美丽的"邂逅"。

9月25日，我走进卢布尔雅那市区。在城堡山顶部的卢布尔雅那古城上，城市的全景尽收眼底——红色屋顶的老式建筑与现代感极强的新式建筑完美融合在一起。这就是被群山、森林、田地环绕的一国之都——卢布尔雅那。

我去书店买来意大利旅游指南和意大利语词典，似乎是为到达目的地准备期待的心情。我的目的地虽然是罗马，但我的初衷不仅限于此。遇见未知的风景、邂逅惊心动魄的故事，才是我的出发点。

到达罗马的那一刻，我的心情将会如何？我的下一站又会是哪里？

通向意大利国境，我走的路线，先是 10 国道，后是林深路隘的山间小路。海拔 877 米的山岭上的枫林红叶似火。随着海拔的降低，枫叶的颜色由浓变淡。山脚下的小城阿伊多夫什契纳近在眼前。每家房顶几乎都压着几块大石头，兴许是为了防风。

天公不作美，雨又下个不停。整个斯洛文尼亚之旅都与恼人的雨水"相伴相随"。

明天就到意大利了。

意大利，这是我每天魂牵梦萦之"圣地"。可当梦想的彼岸近在咫尺时，我没有了到达目的地的兴奋与喜悦，反而有些失落。不畏艰险，执着于追逐梦想的日子，才是最难忘的。奔波了两年的目标就要实现了，实现之后我的下一个目标在哪儿？我又该去向何方呢？

到达终点的前夕，我的内心竟是这般的忐忑。

意大利

丝路之梦·终（国境卡萨罗萨——罗马）

每一个城市都有其独特之处，令人难忘。罗马！不管怎么说，就是罗马。我将会永生永世珍惜我访问此地留下的回忆。

——《罗马假日》

>> 水上之都（行约 11426 公里）

昨日降雪，斯洛文尼亚和意大利的边境上的尤利安阿尔卑斯山白雪皑皑。很顺利，我就通过了海关，来到了意大利国境卡萨洛沙（Kaasa rossa）。罗马距此约 700 公里，不过我的意大利之行并不急着奔向首都罗马，这个欧洲的政治、文化中心。

13 世纪末的欧洲文艺复兴，使得意大利成为欧洲民族及文化的发源地，曾孕育出罗马文化及伊特拉斯坎文明。如今的意大利共拥有四十八个联合国教科文组织世界遗产，是全球拥有世界遗产最多的国家，意大利在艺术和时尚领域也处于世界领导地位。意大利的威尼斯、米兰、佛罗伦萨、西耶那等文艺之都，都值得我一一拜访。

离开海关，我去银行兑换了意大利货币。意大利经济发达，是一个资本主义国家。成品物价偏低，香烟的价格却奇高。在此，香烟似乎是一种奢侈品。

意人利国道的路肩[1]很狭窄，而且都铺上了沥青。在这个发达国家，为了表明土地的所有权，路边的每一块地都被围墙或者铁丝网圈上了，

---

[1] 路肩指的是位于车行道外缘至路基边缘，具有一定宽度的带状部分（包括硬路肩与保护性路肩），为保持车行道的功能和临时停车使用，并作为路面的横向支承。

想找个地方坐下来休息都"无地自容"。

74国道线穿过葡萄园遍布的平原，绕了一个弯向南边延伸。我对乡间小路情有独钟，不久便改国道为县道。细雨迷蒙中的绿色农田满是诗情与画意。烟雨霏霏的绿色原野中建有很多巨大的仓库。有的兼做民居，有的已经废弃，每处墙壁上都挂着"危险！请勿靠近！"的金属板。

第二天，威尼斯湾出现在眼前。天空阴沉沉的，海面上浮着无数个小岛。威尼斯也应就在不远的前方吧。在我的认知里：威尼斯是一个拥有多条运河的美丽小城，与日本北海道的小樽以及本州的仓敷类似。浏览了意大利的导游册后，我对威尼斯的认知变得丰富而立体。水城威尼斯，因水而生、因水而美、因水而兴，是文艺复兴的精华，世界著名的历史文化名城。建筑、绘画、雕塑、歌剧等在此繁衍生息、蓬勃发展。威尼斯就像是一个漂浮在碧波上的梦，堪称世界最浪漫的城市之一。

威尼斯由118座小岛组成，岛内共有纵横交错的运河170多条。水都威尼斯的交通工具主要是小船、水上快艇、水上巴士以及豪华帆船等。威尼斯是世界上唯一没有汽车的城市。本土和威尼斯主岛之间有一架自由桥，全长6公里，铁路、公路两用，可以步行。一个半小时后，我来到名副其实的水上之都——威尼斯。

恼人的瓢泼大雨让运河水量暴涨，微微泛绿的浊流打着漩涡。河边的石板路湿滑难行，游客们撑着伞小心翼翼地穿行于此。

眼看着天就要黑了，旅馆都高挂客满牌。看来只有去车站待一晚了。圣塔露西亚火车站大厅面积比较大，里面有成排的座椅。有不少和我一样境遇的人。车站里有警察来回巡逻。寄存好随身的行李，我便安稳地睡到天亮了。

第二天，我来了一次威尼斯雨中漫游。

作为世界闻名的观光地，威尼斯如钟乳石一般，很有厚重感和历史底蕴，雨水也无法掩住它的魅力。威尼斯分布着无数条窄窄的街巷和运河，它们纵横交错，就像一座迷宫。运河上的一架架小桥尤其可爱，桥上的景色也尤为别致：运河缓缓流淌在古香古色的公寓之间，每所公寓前面都泊有一艘私家小船，一艘艘载着游客的贡多拉穿行于小桥之下，像是在做迷宫探险。横贯城市的大运河是这里的交通要道，河面上行驶着无数艘水上巴士和小艇。运河两岸分布着四五层高的商社，河畔的人行道边满是咖啡馆。飘摇在运河上的摩托艇、贡多拉以及水上巴士骄傲地展示着威尼斯这个水上之都的繁荣与兴盛。

接近圣马可广场，商铺逐渐增多。圣马可广场是威尼斯的中心广场，也是这个城市的地标性区域。这个由圣马可大教堂，新、旧行政官邸大楼及运河围成的长方形广场横向为 200 米，纵向为 50 米，曾被拿破仑赞誉为"世界上最美的广场"。突然，《婚礼进行曲》奏起，穿着西式婚装的一对新人出现在众人面前。仔细一看，原来是一对日本新郎新娘。在世界上最美的广场上举办结婚仪式，在众人的微笑与掌声中开启了携手同行的人生路，好不浪漫。

持续的雨天终于在放晴了。蔚蓝的天空下，运河波光粼粼，陈旧的建筑物熠熠生辉。小巷里晾衣绳上的各色衣服迎风飘动，仿佛张开臂膀迎客送宾，也为这个充满艺术气息的小城增添了一道靓丽的风景。

据说广场中的开放性咖啡店还会组织乐队为客人现场表演，其中两家咖啡馆都是始建于 18 世纪的老店。去到那里，真的有一个三人乐队正在合奏着。旁边的石阶上坐满了背包客，一个个都听得如痴如醉的。我也找了一个空地坐下。周围的一切都是那么美好。来自世界各地的游客，有的在和家人聊天，有的在阔步前行，有的则在和广场鸽嬉戏。幸福是可以传染的，看着幸福的人们，我也忘记了烦恼，与大家共享快乐时光。

我深深地喜欢上了这个地方，华灯初上时，我久坐不愿归去。长笛那极富感染力又催人泪下的曲调，让我双眼泪涌。

晚上8点多，我才起身离开了圣马可广场。远离热闹繁华的静谧小巷，我的脚步声在夜空中久久回荡。

展览会、美术馆在威尼斯随处可见。我不知疲倦地流连于这个文艺胜地，静下心来欣赏一件又一件艺术品。大部分美术馆是宗教画作的宝库："处女戴冠仪式"、"天使传报"、"耶稣降生"、"耶稣受难"以及"圣母玛利亚"等。画家不同，画风也迥异。仅就圣母玛利亚来说，有的画家强调她的慈母之心；有的突出她对爱子命运的悲戚之情；还有的则是包容恶子的神母形象。

经过一架小桥时，不经意间听到"马可·波罗"的字眼儿。驻足向下一看，一位划着贡多拉的船夫一边用手指着上方，一边和船客们讲解着。抬头望去，一栋旧式公寓楼房的墙壁上镶着块大理石板。"踏破铁鞋无觅处"，那正是一直在寻找的地方——马可·波罗的旧址。1271年，一位17岁的青年离开威尼斯去往中国元朝大都（今北京），24年后，才回到了自己的家乡。在中国游历17年，写下《马可·波罗游记》。

贡多拉上的船客貌似对马可·波罗不太感兴趣，船一会儿就驶远了。而我则仰望着那块大理石板久久不愿离去。威尼斯的最后一晚，心中已了无遗憾了。

>> 文艺之都（行约 11704 公里）

威尼斯与艾米利亚—罗马涅大区的首府博洛尼亚距离约 170 公里。博洛尼亚是历史文化名城，意大利最古老的城市之一。博罗尼亚因拥有两座建于中世纪的姐妹塔楼闻名遐迩。博洛尼亚位于波河平原南缘、亚平宁山脉北麓。波河流域的波河平原是意大利农业最发达的地区。"一场秋雨一场凉"，大雨过后，天忽然就冷了下来。离开威尼斯第五天，"意大利脊梁"——亚平宁山脉在南边的地平线时隐时现。

我计划直接坐火车奔向米兰，先去米兰领事馆取邮件，再逛上几天。威尼斯有圣马可广场，米兰也有大教堂广场，都是地标性建筑。

米兰大教堂广场呈四方形，位于一个交通环岛[1]，略显嘈杂。广场东侧耸立着米兰最著名的大教堂，它是世界第四大教堂，耸立的尖塔高达 108 米。教堂的大理石外壁上的雕像多达 3200 个，还有 135 根直冲云霄的塔林立于屋顶之上，每一根都是精雕细琢。据说这个大教堂的建成前前后后共花了 500 多年，是世界建筑史和文明史上的奇迹之一。

---

[1] 交通环岛就是在十字路口和较大交通干线交汇处，为便于疏导车辆，解决因交叉行驶而造成的车辆拥挤、长时间等候等问题，在道路交叉口建设的一座圆形地物，因酷似一条路环绕着一个岛的形状而被命名为"环岛"。

置身于教堂之中，外界的喧嚣皆被屏蔽。教堂内宽敞明亮，从祭坛后面彩色玻璃射进来的阳光让气氛变得肃穆庄严。米兰市民单膝跪地，双手合十拜祭。

我又来到了大教堂广场附近的斯福尔扎城堡。城堡内有博物馆和美术馆，陈列的是米开朗琪罗离世前的作品，包括《伦达尼尼的圣母哀痛耶稣》。《伦达尼尼的圣母哀痛耶稣》雕像中圣母拥着受刑后身体已经极度虚弱的耶稣。耶稣之腿、膝盖及脚腓都完美雕刻成型，是精美绝伦之作。其失去力量美的肌肉线条、苍白的皮肤都栩栩如生。不过耶稣身体其他部分还未经雕琢和打磨。这是米开朗琪罗未完成的作品，透露着一种难以名状的遗憾之美。

作品尚未完成，我们无法对雕塑做出整体评价。也许正是米开朗琪罗最后一部作品的特殊性才让很多游客长时间驻足流连。早在25岁，米开朗琪罗就因创作出圣彼得大教堂中的《圣母哀痛》而声名鹊起，并被视作建筑领域的天才。75岁及80岁的他，曾经两次挑战圣母像，可都没能完成。而《伦达尼尼的圣母哀痛耶稣》是他84岁时的最后一搏。为什么他如此执着于圣母像的雕刻制作呢？

据说晚年的米开朗琪罗不幸双眼患疾。可是直到生命的最后一刻，他也没有停止对艺术的追求，那条雕刻得精美绝伦的耶稣之腿就证明了这一点。

傍晚，归途又去了一趟大教堂广场。惊喜地发现了广场的街头音乐表演。这位街头艺术家弹奏的既不是古典音乐，也不是坎佐纳[1]，而是吉他伴奏的哼唱。旁边石阶上已经聚集了很多人，大家都在聆听这场独特的"个人演唱会"。

---

[1] 教堂奏鸣曲。

蓦然回首，大教堂近一半的大理石墙壁都沐浴在金色的夕照下。

坐上特快列车，我返回了博洛尼亚，向亚平宁山脉进发，佛罗伦萨应该就在山脚下。

道路蜿蜒于深山之中，走过一个小山村，一位老大爷热情地和我打招呼。

"你是日本人啊！到家里坐会儿，喝点儿红酒再走吧。"

老大爷家的仓库里整整齐齐地摆放着高大的红酒桶，酒桶的下部安装有水龙头，老大爷从那里接了一杯褐色液体递给我。喝下第一口，舌尖麻酥酥的。又喝了几口，质感极强的甘甜与苦涩齐至喉咙。在老大爷的热情相劝下，我一连喝了三杯。离开时，他还给我灌了一瓶，让我路上喝。老人对我的热情招待，还是让我感觉到温暖的。进入托斯卡纳州，已是夕阳西下。

第二天，我很早就出发了。海拔968米卡提克索（Caticosa）岭就在前方。浓雾棉棉，随风飘浮于山间。太阳还没有露出温暖的笑脸，天很冷。跨越海拔903米的福塔（Futa）岭就是下坡路了。至此，我已经走过了亚平宁山脉，来到了托斯卡纳。托斯卡纳丰富的艺术遗产和极高的文化影响力，为它赢得了"华丽之都"的美誉。这里是意大利文艺复兴的发源地，有彼特拉克、但丁、波提切利、米开朗琪罗、尼可罗·马基亚维利、达·芬奇、伽利略和普契尼等一批优秀的艺术家和科学家。托斯卡纳还盛产葡萄酒以及高级原生橄榄油。夕阳的映照下，阔叶林披上了红装。天色已晚，我钻进了一块橄榄田中露营。

第二天，大雾散去，气温急剧上升。炎炎烈日，我大汗淋漓地沿着山脊旁的道路南下。不久，佛罗伦萨城市全貌跃入我的眼帘。不知是雾霭还是汽车尾气，山谷盆地被罩上了一层白纱。透过这层白色"面纱"，我瞥见市中心的大教堂的圆形屋顶。

首先，我来到城边的青年旅社。旅社是由气派的旧宅改建而成的，入口处是宽阔的柱廊，干净大气。旅馆内配有食堂，住宿费里是含早餐的，晚餐价格也不贵，约7美元。晚餐是意大利常见的套餐——意大利面、荤菜（鱼或肉）、面包和红酒。饭后返回房间，同屋的美国青年正躺在床上休息。他经常在工作之余出来旅游，有时还在旅途中做英语教师来赚旅游资费。我曾遇见过很多这样的欧美人，他们乐观开朗、热情奔放。当我半开玩笑地说去美国重新上大学、学习之余勤工俭学时，他们都鼓励我赶快付之于行动。

　　"那我毕业都30多岁了，很难找到合适的工作吧？"

　　"在美国不存在这样的问题。"

　　"年龄那么大也不影响找工作？"

　　"不影响啊，因为你有丰富的社会经验，应该很受欢迎的。"

　　正因为有这样的生活土壤，他们才能轻松自在地环游世界吧。我希望我的旅行不会受时间约束，也不会索然无味。旅行中，我一直在寻找人生的意义。这次旅行的终点是罗马，但同时也是下一段旅行的起点。

　　佛罗伦萨，欧洲文艺复兴运动的发祥地，意大利语名为"Firenze"，直译是"百花之城"。实际上，佛罗伦萨确实城如其名，是文化古城和艺术天堂。城市中的美术馆、教堂、宫殿、广场和桥梁上，随处可见珍贵的绘画与雕刻作品。

　　来到这个城市，我自然先要去拜访美术馆：拥有2500多件艺术品、世界知名的绘画艺术博物馆——"乌菲奇美术馆"、汇集佛罗伦萨派绘画以及米开朗琪罗雕刻作品的"美术学院美术馆"、"韦奇奥宫"、"多摩美术馆"……数不胜数。

从人山人海的马蒂斯[1]作品展出来，我好像迷失了方向。不是美术发烧友，又不懂艺术，马不停蹄地赶场有什么意义呢？ 即便是走遍所有的艺术品展览馆，也决不会完全了解这个城市。合上导游手册，我开始思考要到哪里去。

突然觉得，自己最适合的还是像威尼斯圣马可广场那样无拘无束的地方。于是，我奔向了领主广场。广场中矗立着数尊高大的雕刻作品，广场周围被14世纪高塔尖耸的哥特式建筑环绕。我坐在路边缘石上，看着广场上来来往往的人流。我的思绪回到那一年夏天。单车环游北海道途中，我把露营地选择在旭川车站的屋檐下。虽然天还没黑，但是这里已经聚集了很多日本同胞，他们铺好睡毯和睡袋后，就和旁边初次见面的人们饮酒欢谈。

第二天，我又散步于各个广场。领主广场北边有一个主教座堂广场，这里可以说是佛罗伦萨人心中的中心广场，矗立其中的圣母百花大教堂更是这个城市的地标式建筑。与此相对，领主广场则是政治中心，广场上经常聚集着来听政治家口若悬河演讲的市民，还有市政厅维琪奥王宫。这个古老的宫殿在1322年竣工，如今履行它原来作为市政厅的使命。它的外部还保留着中世纪的风格，内部于1540年重新修缮，将描绘佛罗伦萨人成就的壁画和整个建筑融为一体。

主教座堂广场东北向是桑蒂西玛安农齐亚塔广场。欧洲最早的孤儿院就在其中，柱廊上部镶嵌着很多块画着可爱幼儿像的陶板。广场中央有两处喷泉，池子旁边还有几座四体兽雕像，水流从四体兽口中缓缓涌出。我伫立在意大利的广场，经常会思考两个问题：什么是广场？什么是喷泉？

---

[1] 亨利·马蒂斯，法国著名画家，野兽派的创始人和主要代表人物，也是一位雕塑家、版画家。他以使用鲜明、大胆的色彩而著名。

223

在这个国家，我从没看过那种气势磅礴地高高喷射的喷泉，估计也不会有吧。这里的喷泉几乎都是从上而下的缓流式小喷泉。与其称之为喷泉，还不如说是人工泉水。喷泉决不只是装饰，而是一件件艺术精品。

在日本，"广场"即为面积广阔的场地，"喷泉"也往往被定义为那种高高喷射的高端喷水设备。而意大利的"广场"和"喷泉"，甚至是整个国家的环境都被赋予了艺术价值，实在是不可思议。更让人惊讶的是每一个意大利人都像是一位艺术大师一样，身体力行地传承、发展着本国特有的艺术文化。艺术就应该是这样，不哗众取宠、不张扬，而是以朴素与率真打动人心。

与广场同名的桑蒂西玛安农齐亚塔教堂矗立于东北角。忽然我发现：每一个广场都会有一座同名教堂，广场与教堂是成对出现的。或者说广场是教堂的前庭。沿着亚诺河边的石板路，我爬到了位于城市南端高地的米开朗琪罗广场。宽达 10000 平方米的广场灯已经全都亮起，从这里可以看到佛罗伦萨的城市全景。广场中人不多，很多情侣相拥着观赏城市夜景。气氛雅致、静谧。离罗马仅剩 280 公里。除了成功前的紧张感，我还有一丝丝难言的苦涩。

>> 丝路之终（行约 11992 公里）

从西耶那出发后，我沿着阿尔希亚河谷向南，穿行于燎荒烟雾缭绕的群山之中。下午，我告别托斯卡纳州，进入拉齐奥州。这个州的政府所在地即为罗马。

走过长长的上坡路，站在山脊之上，余晖沐浴下的博赛纳湖尽收眼底。这是一个直径为 15 千米左右的圆形火山口湖，是夏天的游玩度假胜地。又走过一段曲折的下山路，我来到了清澈的博赛纳湖畔。

翻过一座座山，爬过一道道岭，离罗马只有 25 公里了。夜幕降临，无月，却很是明亮。罗马城郊住宅区灯光映照下，夜雾如同一望无际的大海，空中的云朵也被染上了一层淡淡的金色。

在一个栅栏环绕的小山丘上，我找到了合适的露营地。和我相依相伴两年零五个月的这顶帐篷外观上虽然尚且干净，可里布已经发霉发暗。雨天，雨水会无情地从底布渗进来。出入口的拉锁已经无法完全咬合。它为我遮风挡雨、防暑御寒，让我平安地度过了无数个夜晚。徒步行的最后一顿晚餐还算丰盛：面包夹火腿、爽口的啤酒、久违的大蒜。饭后，我点上了一支烟，静静地看着慢慢放亮的夜空。

就这样入睡，暗夜也许会瞬间变成清晨。可我想再玩味一下晦暗

225

帐篷中的孤独，慢慢咂品"征途"中自己经历的点点滴滴……

朝霞映照下的鱼鳞云仿佛被染上了一层淡淡的玫瑰红，隐隐地看见一弯新月挂在云上，蓄势一晚的暖阳马上就会在云层中露出笑脸吧。

太阳升起，我慢慢地走向罗马市区。

漫长的两年零五个月的丝绸之路旅程马上就要画上终止符了。目标达成前的喜悦自不必说，可心中还有一丝挥之不去的不安。虽然一路上历经坎坷，可我还是享受着"在路上"的感觉。两年多的行程，我终究是成长了成熟了，成了一个全新的我。太阳已经高高升起，明媚的阳光倾洒在面前的沥青路上。真的不想就此结束，我还可以走得很远的。

刻着"罗马"二字的路牌跃入我的眼帘，白底黑字、清晰、鲜艳。

再走5公里，我的徒步之路就结束了。

终点早已决定，那就是卡比托利欧广场。这个广场位于"古罗马中心"——卡比托利欧山丘之上，由米开朗琪罗设计。从广场北面可以看到古罗马遗址全貌。越过罗马郊外的外环路，渡过台伯河，我看到了右手边梵蒂冈的圣彼得大教堂那巨大的白色圆顶。我通过了罗马市区的北大门——人民之门。

再走上1公里就到终点了。突然之间，我觉得自己有些口干舌燥、面红耳赤，太阳穴也突突地跳个不停。这份如同上刑场前的紧张究竟源自何处？我想起村上春树说的那句："追求得到之日即其终止之时，寻觅的过程亦即失去的过程。"这丝绸之路原本就是一个不断失去的过程，愈是临近终点，愈是没什么可失去的了。

我深呼一口气，一心不乱地一直向前、向前……

一步一步地登上石阶，我径直穿过广场。广场周围的三座宫殿、画着几何学图案的石板、广场中央那尊马可奥来里欧皇帝的骑马铜像都没能让我驻足观望。顺着小路向前走了一会儿，一片青空豁然出现在视界之中——就是那里！巨大的石柱、断壁残垣的神殿、绿色草坪上散落的片片瓦砾赫然入目，那里就是古罗马遗址广场。

"结束了！真的就这样结束了吗？我将何去何从？"

"梅花香自苦寒来"，可真的走到终点时，我大脑却一片空白，能做的就是呆呆地站在原地无数遍地念叨着那一个词——"结束了"。

突然，我想到了出行前与中国书法家的杜先生约定。于是，从背包里拿出写有"丝绸之路徒步行"的那张纸，展开。拜托身边的游客为自己照了一张纪念相片。

两年之前的约定马上就要兑现了，难抑的兴奋与喜悦终于喷涌而出。继续游历各地，做自己喜欢的事情，就是自己今后的目标吧。我终于真真切切地感受到了漫长旅途结束后的那种酣畅与快意了。

不着急，慢慢走，人生无处不风景，所有的结束都是另一个新的开始。

后|记

从罗马归来到现在，一晃 7 年已过。起笔落笔之间经过了漫长的岁月，这篇游记的执笔也终于可以告一段落了。

每次面对书稿，我都会问自己：你写这些东西的目的是什么？将自己的这段经历"披露"于世又有什么意义？你想倾诉什么？你的倾诉对象又是谁呢？你只是想创作一部以自己为主人公的故事吧？但转念一想，如果连这个都完成不了，我以后还能做到什么呢？

那次徒步之旅一直让我引以为傲。可是一直沉浸于那场"伟大事迹"之中，我是无法挑战下一个目标的。7 年之间，我一直是以这样心态继续着自己的这个"总结发言稿"。

近日，我才终于明白写游记与徒步行是"发自一枝、同开一蒂"的。因为他们的动机是一致的——要一直在路上。

曾几何时，也因自我怀疑而感到消沉，朋友的一句话为我拨云见日：人生就是打开一扇扇门扉的过程，每打开一扇门，我们都会有所收获。

确实如此，不打开封闭在前面的门，又怎么会看到对面的风景呢。现在，对这一书稿的挑战也迎来了曙光，因为它马上就会出版，这实属幸运至极。今后，我还会尝试去打开横在面前的每一道大门。

回首往事，无论是那次徒步旅行中，还是创作这部书稿的过程中，我有幸获得了很多个人的倾情相助。偶尔读到当时的日记，会为自己的傲慢和任性羞愧不已。对我这样一个外国人，那么多热心人伸出了友好相助之手。他们是真正具有国际主义精神的人。如果没有他们的帮助，只身一人顺利从东方走到西方，几乎是不可能的。今生可能没有机会一一回谢，我能做的只有将他们永远记在心中，并像他们一样，尽自己最大的能力去帮助每一个人，把这份人间真情传承下去。

书稿执笔过程中，我也得到了很多人的鼎力相助。ASIAPRESS 通讯社的和田博幸先生经常关切地询问我的进展情况，并给予各种宝贵的建议。吉田敏浩先生在书稿未精简前，亲力亲为地为我审阅。另外，对于めこん出版社的桑原晨先生能接受我这样一个毫无写作经验的无名小卒的游记，感激之情，无以言表。

需要感谢的人还有很多很多。感谢佐藤左知子女士为我无数遍地修改，并经常给予我信心和鼓励。能与您相遇，实在是我人生之一大幸事。另外，借此机会也要感谢生我养我并为我辛苦寻找出版社的父母双亲，以及支持我徒步旅行并为我的游记写作出版鼓劲加油的亲朋好友们。

如果拙作能让各位读者朋友读完之后有所感、有所得、有所获，那将是我意外的收获和最大的惊喜。

保加利亚

中国　中亚　西亚　欧洲　罗马尼亚　匈牙利　斯洛文尼亚　意大利

译|后|记

丝绸之路——顾名思义，是将中国的丝制品运向中亚以及欧洲等地区的一条商路，慢慢地，它成为了连接亚欧大陆的一条交通要道，大大促进了东西方经济、文化的交流。

从张骞出使西域起，这千百年来，来往于丝绸之路的人不在少数。随着社会的发展、交通的日益便利，相信会有更多的人循着这一路线去追寻那段不朽的记忆。

20多年前，日本一个叫大村一朗的年轻人为了重温历史、更为了挑战自我，开始了丝绸之路徒步游。从中国的西安出发，踏上了900多天的漫漫"征程"。

"东起西安，西至罗马，饥则食，日落则息，天明则行，征途虽漫漫，路却在脚下。"这是大村一朗出发前的构想，这一路上他也在践行自己的承诺。翻译过程中，我倾听一朗先生亲身经历的一段段"人间温情"，感动于他不畏艰难险阻不到罗马不罢休的拼搏精神。同时，作为译者的我，仿佛也与一朗先生同行于丝绸之路上——离开十三朝古都西安，走过黄土高原，跨越茫茫大漠，跋山涉水，风餐露宿……最后成功到达罗马。"一路上"，我欣赏了中国西部的自然人文风光，也领略了中亚、西亚以及欧洲各国的异域风情。我陶醉于一幅幅波澜壮阔的历史文化画卷里。

一朗先生在完成徒步旅行这一惊人之举后，他又达成了自己的另一个梦想——花费了 7 年时间写成了这本游记。说实话，读完这部大作，我既兴奋又惶恐：兴奋于自己"邂逅"了偶像一朗先生，遇见了一本让人热血沸腾的好书；惶恐于对一朗先生的敬畏和自己能力不足，不能把原稿的风貌一一展现在读者面前。如今，译稿终于全部完成。在翻译的过程中，我有幸得到了新华先锋的编辑、我的学生、家人及朋友的鼎力相助，感激之情无以言表。

首先我要感谢新华先锋的各位编辑。他们专业知识精深、为人和善，对我翻译工作给予了悉心的指导。译稿的完成，编辑们功不可没。

我还要感谢燕山大学外语学院我指导的硕士生：赵云姣、郭红敏、王媛以及徐伟杰、王腊。她们参与了本书的部分翻译工作。感谢她们为此付出的时间和精力。

我特别要感谢我的家人。因为这次翻译工作，家人不仅为我腾出了更多时间承担了家庭琐事，还特意陪我去了一趟西安，好让我感受古都的人文气息，追寻一朗先生留下的足迹。她们的支持和陪伴是我翻译的动力源泉。

最后，我要感谢本书的作者大村一朗先生，是他让我足不出户走完了丝绸之路，让我有了挑战翻译工作的契机，也是他给了我在翻译之路上继续前行的自信和勇气。

我想引用您的一句话来结束翻译后记：人生无处不风景，所有的结束都是另一个新的开始。

由于本人才疏学浅，译稿中不免出错或有所纰漏，望各位专家学者以及读者们不吝赐教，我将不甚感激。

孙立成

2016 年夏初于家中

东起西安，西至罗马，饥则食，日落则息，天明则行，征途虽漫漫，路却在脚下。

意大利罗马·丝绸之路·终

图书在版编目（CIP）数据

丝绸之路 / （日）大村一朗著 ； 孙立成译. — 北京：北京联合出版公司，
2016.10（2019.3重印）
ISBN 978-7-5502-8611-5

Ⅰ. ①丝… Ⅱ. ①大… ②孙… Ⅲ. ①随笔－作品集－日本－现代 Ⅳ.
①I313.65

中国版本图书馆CIP数据核字(2016)第224739号
北京市版权局著作权合同登记号：图字01-2016-4267

丝绸之路

作　　者：［日］大村一朗
出版统筹：新华先锋
责任编辑：夏应鹏
策划编辑：叶　子　李　田
封面设计：王　鑫
版式设计：刘　宽

北京联合出版公司出版
（北京市西城区德外大街83号楼9层　100088）
北京市松源印刷有限公司印刷　新华书店经销
字数180千字　787毫米×1092毫米　1/16　15印张
2019年3月第2版　2019年3月第2次印刷
ISBN 978-7-5502-8611-5
定价：69.00元